Bisher in der Reihe
COLLINs geheimer CHANNEL erschienen:

Band 1: Wie ich endlich cool wurde
Band 2: Wie ich die Schule rockte

Sabine Zett

Illustriert von
Falk Holzapfel

Für Melissa und Vincent – immer und immer wieder!

ISBN 978-3-7855-8849-9
2. Auflage 2019
© 2018 Loewe Verlag GmbH, Bindlach
Illustrationen: Falk Holzapfel
Umschlaggestaltung: Michael Dietrich
Printed in the EU

www.loewe-verlag.de

Inhalt

STECKBRIEF:	8
Gruseltypen und Superstars	11
Die genialste Idee aller Zeiten	36
Für alles eine Lösung	48
Die Sache mit dem Erkennen	68
Die Rückwärtsbotschaft	78
Wir sind online!	95
Ich bin ein Genie	114
Der Party-Countdown läuft	136
Das perfekte Geschenk	150
Die Masken-Enthüllung	164
Danke, Miss Cherry!	180

STECKBRIEF:

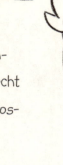

NAME: Collin Duhm – leider sagen die meisten Dumm. Dieser blöde Nachname ist ein No-Go und macht mich echt fertig. Wenn jemand weiß, wie ich ihn loswerden kann, bitte melden!

DUHM ≠ DUMM

15
12
14
90

ALTER: 20 ... 18 ... 15 ... 13 ... – hey Leute, wen interessiert schon das Alter? Schaut mich doch lieber an! Ich sehe auf jeden Fall besser aus als mein schlimmster Feind Wilhelm von Rosenberg.

FAMILIE: Mama und Papa – meistens ganz okay, bis auf den unnötigen Teil mit den Regeln und Verboten. Meine kleine Schwester Alexa – süß, aber auch nervig, weil sie auf Kommando heulen kann.

NOCH MEHR FAMILIE: Oma Irmgard – will modern und cool sein und auf keinen Fall Oma genannt werden. Meinen Vorschlag MC Hammer Inge findet sie aber auch nicht gut.

Nicht Oma

ALLERBESTER
~~BESTER~~ FREUND: Jo-Jo – mein Kumpel, der immer zu mir steht und mir hilft, also der Allerbeste! Nur leider nicht in der Schule, da sind wir beide gleich schlecht.

MÖGLICHE FREUNDIN IN DER ZUKUNFT: Kim Marie Meier – nett und hübsch und in meiner Klasse. Beachtet mich leider überhaupt nicht. Das muss ich unbedingt ändern.

HOBBYS: Fußball, Computer, Actionfilme und Musik machen – ich will eine Band gründen. Einen Namen hab ich schon dafür: „Ear Pain", dann kann sich keiner beklagen, wenn wir schlecht spielen – in Deutschland oder wenn wir auf Welttournee gehen.

DRACULA

FEINDE: 1. Graf Dracula, mein Klassenkamerad. Siehe oben – offiziell heißt er Wilhelm von Rosenberg und ist der Lehrerliebling.

2. Justus – schleimt sich bei Wilhelm ein und ist angeblich sein bester Freund.

ZIEL NUMMER 1: Bei allen beliebt sein, besonders bei den Mädchen. Ohne Mädchen wäre auch die Schule echt langweilig.

Danke an alle Eltern, die Mädchen gemacht haben!

ZIEL NUMMER ZWEI UND DREI: Ein guter Schüler sein, ohne lernen zu müssen – eines Tages entwickle ich eine App dafür.

Einen Affen oder eine Ziege als Haustier – dafür würde ich auch meine Schwester eintauschen.

Kapitel 1.
Gruseltypen und Superstars

Tatort:

Schulturnhalle, Städtisches Schulzentrum

Gefährdete Objekte:

Schüler

Angeklagte:

von Rosenberg, Wilhelm

(auch Graf Dracula genannt)

Grimm, Justus

(einfach Justus genannt)

Angestiftet von:

(eventuell unbeabsichtigt, müsste aber noch nachgewiesen werden)

Sportlehrerin Langenmeier-Geweke, Frau
(keine Ahnung, wie sie mit Vornamen heißt)

Tat/Verbrechen:

Wahl der Teams im Sportunterricht
Demütigung/Mobbing/grausame Behandlung

Vertreter der Anklage:

Duhm, Collin

(also ich – ja, der Nachname ist beknackt, ich kann es nicht mehr hören!)

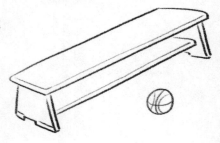

Augenzeugen:

Gesamte Klasse
bis auf Fischer, Johannes
(auch Jo-Jo genannt),
da dieser ohne seine Brille nichts sieht und an diesem Tag dummerweise nur die Taucherbrille dabeihatte.

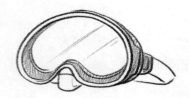

Gefordertes Urteil:

mindestens sofortiger Schulverweis

(für die Angeklagten),
mindestens Tadel
(für die Anstifterin)

Gewünschtes Urteil:

absolutes Redeverbot auf Lebenszeit mit:
Meier, Kim Marie
für:
von Rosenberg, Wilhelm

Erwartetes Urteil:

Nachsitzen für alle

(da es vermutlich blöderweise gar nicht erst zum Verfahren kommen wird – wo kann man sich über diese Ungerechtigkeit beschweren? Bundesverfassungsgericht? Bundeskanzleramt? Bundesirgendwas?)

Da stehen wir wieder, wie jede Woche.
 Alle schön in einer Reihe.
 In Sportklamotten.
 In der Turnhalle.

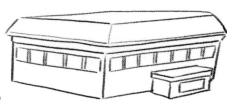

DER BLANKE HORROR!
HILFE!

Wilhelm und Justus stehen uns gegenüber, klatschen sich ab und verziehen gleichzeitig ihr Gesicht zu einem Horror-Quäler-Lächeln. Sie sind plötzlich keine Mitschüler mehr, sondern ganz klar Graf Dracula und sein Bediensteter.

VAMPIRE, BLUTSAUGER, MENSCHENQUÄLER!

DIE WISSEN GENAU, WAS SIE TUN!

Unsere Sportlehrerin hat ihnen gerade die totale Macht verliehen – Wilhelm und Justus haben das Teufelswerkzeug in ihrer Hand:

SIE DÜRFEN UNS HEUTE GANZ LEGAL QUÄLEN! JAWOHL, QUÄLEN!!! MIT OFFIZIELLER ERLAUBNIS DER SCHULE!

ERLAUBNIS ZUM QUÄLEN

OB DAS UNTER SCHWERES VERBRECHEN FÄLLT? DANN KÖNNTE ICH DIE POLIZEI EINSCHALTEN!

„Wilhelm und Justus, wir wollen gleich Handball spielen. Ihr seid die Team-Kapitäne und dürft abwechselnd die Mannschaften zusammenstellen", sagte Frau Langenmeier-Geweke vor genau zwei Minuten.

EINE UNVERSCHÄMTHEIT IST DAS! JEDER WEISS SCHLIESSLICH, DASS DIESES AUSWÄHLEN DER TOTALE HORROR IM SPORTUNTERRICHT IST – UND ZWAR ZU ALLEN ZEITEN UND IN JEDER SCHULE AUF DIESEM PLANETEN!

„Beim nächsten Mal ist Tanzen dran, aber heute wird **HANDBALL** gespielt", fügte die Lehrerin noch hinzu.

TANZEN???!!!
WAS DENN? WIE DENN?
MIT WEM DENN?
NEIN!!!
AUF KEINEN FALL!!!

Wir Jungs schauen uns alle entsetzt an, selbst Justus vergeht für einen Moment das diabolische Grinsen.

Die Mädchen dagegen jubeln. „Yes! Tanzen! Wie cool!"

Damit ist aber auch klar, dass die echten Qualen im Sportunterricht gerade erst beginnen.

UND JETZT AUCH NOCH AUSGERECHNET
DIE BEIDEN ALS KAPITÄNE!
Wilhelm, der Möchtegernking
und Justus, sein Handlanger.

GRINS! Wilhelm von Rosenberg ist so ziemlich der unsympathischste Junge, den man sich vorstellen kann. Einer, der alles hat, alles kann und dem alles zufliegt. Hier mal nur ein paar Beispiele:

- Er hat einen Nachnamen, der mit „von" beginnt, und ist, wie man hört, ein Graf (siehe Dracula).

- Die Lehrer stehen auf ihn, weil er in ihren Augen der perfekte Schüler ist (wie kann es sein, dass er noch nie die Hausaufgaben vergessen hat?).

- Er gewinnt ständig irgendwelche Tennispokale und steht andauernd mit seinem fiesen Siegergrinsen in der Zeitung (Würg-Kotz-Brech!).

WÜRG

- Er spielt mehrere klassische und typische Orchester-Instrumente (ich dagegen quäle nur mein Klavier, wenn es sein muss, und spiele sonst lieber richtig **laut** E-Gitarre oder Schlagzeug. Und FIFA an der Playstation).

17

- Er trägt nur Markenklamotten, bevorzugt weiße oder blaue Hemden (wer bitte geht in einem Hemd zur Schule, außer, er ist der Schulrektor?) sowie auch mal einen Schal (auch wenn es warm ist!!!).

- Er wohnt in einem Riesenhaus, angeblich mit Pool, Tennisplatz sowie angrenzendem Park, und seine Eltern fahren vier verschiedene Autos.

Mit einem davon, nämlich dem roten Porsche Cabrio, bringt ihn seine Mutter immer bis auf den Schulhof, und zwar genau um eine Minute vor acht Uhr.

Zu allem Überfluss sieht er auch noch nicht schlecht aus. Ich persönlich kann zwar nichts an ihm finden, aber da die Mädchen ständig um ihn herum sind, muss an dem Typen ja irgendetwas dran sein.

Jetzt schauen sie ihn schon wieder alle bewundernd an und als Wilhelm das merkt, muss er natürlich eine überflüssige Bemerkung loswerden: „Tanzen ist doch okay. Walzer wollte ich schon immer mal lernen, den braucht man später noch, zum Beispiel bei seiner Hochzeit."

**BEI SEINER HOCHZEIT???
JUNGE, WAS GEHT BEI DEM???
MEINT DER DAS ERNST???
Der Typ denkt jetzt schon an seine Hochzeit???**

Justus fühlt sich natürlich verpflichtet, jetzt auch etwas zu dem Thema beizusteuern: „Genau, bei seiner Hochzeit. Walzer ist gut. Oder Ramba-Zamba. Das ist doch auch angesagt."

Die Mädchen kichern und wir Jungs verstehen nur Bahnhof. **Bahnhof**

„Ähm ...", Frau Langenmeier-Geweke überlegt kurz, „du meinst sicher Rumba, den lateinamerikanischen Tanz, oder Zumba, den Fitnesstrend?"

„Jap!" Justus nickt eifrig. „Rumba-Zumba."

Jede Wette, der weiß gar nicht, wovon er spricht! Justus ahmt prinzipiell Wilhelm in allem nach und blickt immer bewundernd zu ihm auf – auch wenn er selbst behauptet, dessen bester

Freund zu sein. Nachmacher trifft es aber eher.

„Dann fang ich mal an ...", leider sieht Frau Langenmeier-Geweke nicht, wie Wilhelm unsere ganze Klasse diabolisch angrinst. Justus schaut ihn an und grinst natürlich direkt auch.

MIR LÄUFT ES EISKALT DEN RÜCKEN HERUNTER!

„Ich könnte wetten, dass Wilhelm in einem Sarg schläft und nicht in einem Bett, der ist mir richtig unheimlich", flüstere ich meinem Kumpel Jo-Jo zu. Jo-Jo heißt eigentlich Johannes und ich kenne ihn schon seit der Grundschule.

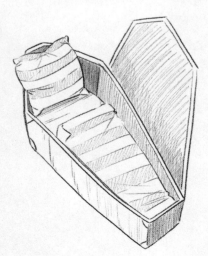

„Wären wir zu seiner perfekten Party eingeladen, könnten wir es herausfinden", antwortet mein bester Freund und verzieht das Gesicht. „Sind wir aber nicht."

Ach ja.

DIE Party.

Seit Tagen redet die halbe Klasse von **DER** Party. Wilhelm wird **13** und macht ein Geburtstagsfest in seinem Vampirschloss. Jo-Jo und ich wurden dazu nicht eingeladen. Ich habe damit gerechnet, weil man zu Partys nur seine Freunde einlädt, aber es ärgert mich gleichzeitig, weil es die perfekte Gelegenheit wäre, allen zu zeigen, dass ich viel cooler als Willi bin.

„Ist doch egal", ich tue dennoch so, als ob es mich nicht jucken würde, „dann brauchen wir keine Angst zu haben, von Vampiren gebissen zu werden. Ich schwöre, der ist nicht von dieser Welt und bestimmt schon dreitausend Jahre alt und nicht angeblich erst dreizehn! Guck dir an, wie weiß der ist!"

Jo-Jo verzieht das Gesicht. „Als du ihm mal Knoblauch auf den Tisch gelegt hast, ist doch nichts passiert. Außerdem ist Wilhelm blond und Blonde sind meistens hellhäutig."

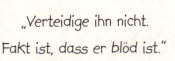

„Verteidige ihn nicht. Fakt ist, dass er blöd ist."

Mein bester Freund zuckt mit den Schultern. „Stimmt, aber alle anderen mögen ihn leider, vor allem die Lehrer. Langweiliger Lehrerliebling."

„Weil sie nicht wissen, wie er wirklich tickt. Sein wahres Gesicht als Angeber, Streber und Blödmann zeigt er nur uns."

Ich kann nicht kapieren, dass Jo-Jo und ich die Einzigen sind, die sich von Wilhelms protzigem Getue nicht beeindrucken lassen.

Seit wir in einer Klasse sind, lässt Wilhelm keine Gelegenheit aus, mich irgendwie zu ärgern.

Mein Blick streift die Mädels aus unserer Klasse und ich könnte sie alle auf der Stelle anschreien, denn sie hängen natürlich wie immer an Wilhelms Lippen. Leider auch Kim, die ich sonst für ziemlich cool halte ...

„Die Mädchen wollen alle zum Möchtegernking ins Team", murmele ich. „Was die bloß an dem finden?"

„Na ja, er sieht gut aus, ist ein guter Schüler, wohnt in einer Villa ...", fängt Jo-Jo an aufzuzählen und ich stoße ihm leicht den Arm in die Rippen.

„Aua!"

„Ich wollte keine Hymne hören und du sollst auch keinen Fanclub gründen. Wir sind genauso Superstars wie er! Oder sogar noch größere Superstars. SUPER MEGA SUPERSTARS Cool und abgefahren."

Jo-Jo sieht mich zweifelnd an. „Ey, Collin, in Mathe zum Beispiel sind wir nicht halb so gut wie er. Schlechte Schüler. Miese Mathematiker."

Das stimmt natürlich. „Wen juckt schon Mathe? Dafür sehen wir besser aus als Graf Dracula Wilhelm."

„Findest du? Wir sind beide nicht blond." Jo-Jo fährt sich mit der Hand durchs Haar, das er neuerdings total kurz trägt.

„Die Mädchen stehen auf blonde Strähnchen, sagt meine Schwester. Die sind gerade ziemlich angesagt. Wollen wir uns auch welche machen? Wie manche Fußballer!"

23

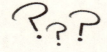

Ob das die Mädchen wirklich gut finden?
Auch Kim?

„Sieht das denn gut aus? Meine braunen Haare mit blonden Strähnchen?"

Ich stocke, denn ich fühle, wie mich Wilhelm mit einem bösen Blick fixiert. Jede Wette, dass ich der Letzte sein werde, den er wählt!

„Collin, wir sind heute die Opfer, die zum Schluss drankommen", zischt Jo-Jo mir zu.

JA, DAS GLAUBE ICH AUCH. VOR DEN ANDEREN AUS DER KLASSE IST ES SCHON SCHLIMM GENUG. ABER ICH WILL NICHT, DASS AUCH KIM NEGATIV ÜBER MICH DENKT. SIE IST NÄMLICH ...

„Als Erstes wähle ich Kim", sagt Wilhelm breit lächelnd und ich erstarre. Meine Gedanken überschlagen sich und in meiner Brust fühle ich plötzlich einen komischen Stich.

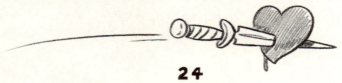

WAS IST DAS?
HABE ICH ETWA EINEN HERZINFARKT?
WAS SIND DA NOCH MAL DIE TYPISCHEN SYMPTOME?
HABEN SICH NICHT NEULICH MEINE ELTERN DARÜBER UNTERHALTEN?

Ich überlege, ob schon Dreizehnjährige einen Herzinfarkt bekommen können.

Meine Eltern darf ich nur in einem Notfall anrufen und ich weiß nicht, ob das jetzt hier schon einer ist. Sie sind nämlich Ärzte, Papa ist Hausarzt und Mama Chirurgin, was so ziemlich das Schlimmste ist, was einem widerfahren kann. Nie kann ich vor der Schule so tun, als ob ich krank sei, denn sie durchschauen jeden Versuch.

Ich beschließe, meine Symptome erst mal weiter zu beobachten, während ich Kim zusehe, wie sie auf Wilhelm zugeht, ja fast zu ihm hinschwebt und ihn dabei anstrahlt, als ob er der Weihnachtsmann persönlich sei.

WARUM LACHT DIE DEN SO AN?
TOTALE VERSCHWENDUNG!
STEHT DIE ETWA AUF DEN SCHLEIMER?!
DAS GEHT ABER GAR NICHT!

Kim Marie Meier ist nicht nur total hübsch, sondern auch noch cool und ziemlich klug. Sie hat rotbraune lange Haare, die sie offen und glatt trägt. Leider beachtet sie mich überhaupt nicht, ist meistens von anderen Mädchen umgeben, und ich habe noch nie mehr als zwei Wörter mit ihr gewechselt.
Diese Wörter heißen übrigens „Hallo" und „Tschüss".
Ziemlich armselig dafür, dass wir in einer Klasse sind, ich weiß.

26

Dass ich Kim mag, würde ich aber niemals laut sagen, das weiß nur Jo-Jo, und der hat auch keine Ahnung, wie ich es anstellen sollte, mit ihr zu sprechen oder gar etwas mit ihr zu unternehmen.

Ich wette, dass Wilhelm da überhaupt keine Probleme hätte.

**MOMENT MAL!
HABEN DIE SICH ETWA SCHON MAL MITEINANDER VERABREDET?
WARUM HAT ER SIE ALS ERSTES GEWÄHLT?**

Ich verspüre wieder einen Stich in der Brust.

Einen ganz schlimmen!

Das ist bestimmt etwas Ernstes!!!

Jetzt bekomme ich noch Schweißausbrüche dazu.

Und schwindelig wird mir auch!

Gleich falle ich garantiert um!

Sorry, aber meine Gesundheit geht vor. Ich überlege blitzschnell, was ich machen soll.

Frau Langenmeier-Geweke Bescheid geben?

Doch Mama anrufen? Jo-Jo sagen, dass er einen Krankenwagen rufen muss?

ABER WENN ES DANN ZU SPÄT IST? WENN ES KEINE RETTUNG FÜR MICH GIBT? DANN GÄBE ES NIE EIN HAPPY END FÜR KIM UND MICH!

Okay, ich glaube, mir wird jetzt irgendwie noch komischer. Vielleicht falle ich sofort in Ohnmacht! Aber andererseits ... wenn ich umkippe, dann wird das zumindest Wilhelm davon abhalten, mich als Letzten in seine Mannschaft zu wählen und mich zum Gespött der ganzen Klasse zu machen.

„Danke!", höre ich Kim zu ihm sagen. „Team Wilhelm!"

Der nächste Stich!
Gleich kippe ich um.
Ob Kim sich dann Sorgen um mich machen wird?

Oder wird sie zusammen mit Wilhelm über mich lachen?

Meine Kehle zieht sich zusammen. Atmen kann ich jetzt auch nur noch schwer!

Ja, es ist ernst. Jetzt heißt es, keine Zeit verlieren. Meine Gedanken überschlagen sich!

OB FRAU LANGENMEIER-GEWEKE ERSTE-HILFE-MASSNAHMEN BEHERRSCHT, WAGE ICH MAL ZU BEZWEIFELN. MEIN AUFPRALL AUF DEM BODEN WIRD HART WERDEN. UND VERMUTLICH PEINLICH.

Das muss ich irgendwie verhindern.

„Jo-Jo, ich bin gleich bewusstlos und dann brauche ich einen Krankenwagen. Sag, ich hätte Stiche in der Brust gehabt und Atemprobleme", zische ich meinem besten Freund zu. „Lass auf keinen Fall zu, dass die Langenmeier-Geweke Mund-zu-Mund-Beatmung bei mir macht. Zu eklig, kapiert?

Ich bräuchte im Krankenhaus auf jeden Fall mein Handy und das Ladekabel! Und die Powerbank! Nicht vergessen!"

"W...WAS???!!!"

Jo-Jo fragt noch etwas, aber ich warte nicht, sondern beschließe, den Geschehnissen entgegenzuwirken und mich schon mal auf den Boden zu legen. So verhindere ich zumindest den schlimmen Sturz und womöglich einen Bruch.

Zack!

Im Nu liege ich auf dem Rücken und warte auf die Ohnmacht.

„Ey, Alter, was soll das?"

„Collin? Ist dir nicht gut?"

Meine Klassenkameraden stehen natürlich sofort um mich herum und sehen auf mich herunter. Eigentlich müsste ich längst ohnmächtig sein, aber irgendwie merke ich, dass ich noch immer bei Bewusstsein bin und die Herzstiche verschwunden sind.

„Collin! Warum liegst du auf dem Boden? Ist dir schwindelig?"

Na, super.

Frau Langenmeier-Geweke hat es natürlich auch mitbekommen, genauso wie Wilhelm, Justus und Kim, die prompt alle neugierig um mich herumstehen.

„Was machst du denn da?" Das ist Wilhelm und er deutet mit dem Zeigefinger auf mich. „Hast du Angst vor Handball?", fragt er **zuckersüß**. „Steh wieder auf, ich zeige dir, wie es geht."

Dieser Blödmann!

Mist, warum bin ich noch immer wach? So wird das nix mit der Ohnmacht, geschweige denn mit dem Herzinfarkt.

„Collin?" Unsere Lehrerin klingt leicht ungeduldig.

Gleich wird es richtig peinlich.

Soll ich mich tot stellen?

Schwachsinn.

31

So was macht man nicht.
Aber wenigstens einen kleinen Anfall vortäuschen?
Außer Husten fällt mir aber spontan nichts ein, was ich halbwegs glaubwürdig beherrsche, also lass ich es lieber.

Denk nach, Collin, denk nach ...!
WARUM LIEGST DU WIE BLÖD AUF DEM BODEN DER TURNHALLE HERUM? SAG ETWAS CLEVERES!

"Ich wollte Jo-Jo ... Johannes ... ähm ... zeigen, wie ... die ... stabile Seitenlage funktioniert, falls sich jemand gleich beim Handball verletzt", stammle ich. Super Ausrede. Ich drehe mich flugs auf die rechte Seite, strecke das rechte und winkele das linke Bein an. Zum Glück hat es mir mein Vater irgendwann mal beigebracht.

Frau Langenmeier-Gewekes Gesicht verwandelt sich von besorgt-verärgert zu interessiert-wohlwollend. „Tatsächlich? Was für ein guter Gedanke! Und ich muss sagen, alles richtig gemacht!"

Jo-Jo öffnet den Mund und will was sagen, versteht dann aber offenbar meinen warnenden Blick und nickt. „Ich hatte gerade danach gefragt, weil ... wir ... für den Führerschein einen Erste-Hilfe-Kurs machen werden."

Führerschein.

In der siebten Klasse.

Genau.

Da hat Jo-Jo leider voll danebengegriffen.

„Schwachsinn!", wirft Wilhelm dazwischen, aber zum Glück mischt sich gerade Justus ein.

33

„Ihr macht schon den Führerschein? Echt? Cool. Fürs Mofa?", fragt er und sieht gar nicht skeptisch, sondern sogar ziemlich beeindruckt aus und auch die anderen aus meiner Klasse nicken anerkennend. „Krass."

„Ähm ... zumindest wollen wir schon mal den Erste-Hilfe-Schein machen", komme ich Jo-Jo zu Hilfe. „Das kann schließlich nicht schaden."

Frau Langenmeier-Geweke nickt anerkennend. „Das stimmt. Alle Achtung, Collin Duhm, das nenne ich eine gute Maßnahme. Im ersten Moment habe ich schon gedacht, dass du irgendeinen Blödsinn treibst."

„Ja, genau. **Duhm-Dumm**", grinst Wilhelm.

„Wer von euch anderen kennt die stabile Seitenlage sonst noch?", will die Lehrerin wissen.

Betretene Gesichter in unserer Klasse. „Keiner? Das ist aber schwach. Nehmt euch ein Beispiel an Collin und Johannes! Vorbildlich!"

JUHO!

Jo-Jo und ich sind ganz plötzlich die Kings. Hoffentlich ist es Kim auch aufgefallen!

„Aber wir wollten doch Handball ...", meint Wilhelm, während die Langenmeier-Geweke abwinkt. „Nein, die Erste Hilfe ist wichtiger."

Das blöde Mannschaften-Wählen scheint vergessen, während unsere Lehrerin sich jetzt selbst auf den Boden legt und allen lautstark die stabile Seitenlage erklärt.

Wilhelm versucht zwar, etwas vom Blutspenden zu erzählen, aber niemand hört auf ihn und Kim steht wieder bei ihrer Mädchengruppe.

Gefahr vorerst abgewendet, Patient nicht tot, alles easy.

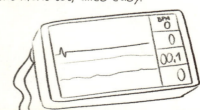

Kapitel 2.
Die genialste Idee aller Zeiten

„... und dann hat Miss Cherry-Sunglasses gesagt, dass das auch ein Jungs-Ding ist ..."

KICHER, KICHER, KICHER.

„Echt?"

KICHER, KICHER, KICHER.

„... weil sie insgeheim auch schön sein wollen ..."

KICHER, KICHER, KICHER.

„... sich aber nicht trauen."

KICHER, KICHER, KICHER.

„Die hat eigentlich immer gute Tipps."

„Genau! Kim und ich machen immer die Sachen, die Miss Cherry-Sunglasses bei YouTube sagt, die hat voll den Plan."

Das Gespräch, das Sibel und ein anderes Mädchen am Fahrradständer neben mir führen, wird erst in dem Moment interessant, als Kims Name fällt.

WER IST MISS CHERRYDINGSDA? WARUM HÖRT KIM AUF SIE? WÄRE ES MÖGLICH, DIESE MISS DAZU ZU BRINGEN, DASS SIE KIM VON WILHELM ABBRINGT? ODER NOCH BESSER: IHRE AUFMERKSAMKEIT AUF MICH LENKT?

„Collin? Würdest du dir auf einer Beauty-Party eine Maske verpassen lassen?" Sibel merkt wohl, dass ich zuhöre, und kommt näher.

Ich zucke betont lässig mit den Schultern.

„Warum nicht?"

„Echt jetzt? Eine Maske? Auch als Junge?"

Diese Mädchen! Ich wüsste nicht, was dagegen einzuwenden ist. An Halloween oder Karneval haben doch viele Leute eine Maske auf, auch Jungs. Wenn es eine Motto-Party ist und eine Maske dazugehört, dann wäre ich natürlich dabei.

„Logo", antworte ich. „Wo soll das denn stattfinden? Beim Willi auf der Party?"

„Was denn?"

„Die Sache mit der Maske."

Sibel lacht. „Das wäre eine Idee!"

„Da bin ich aber nicht eingeladen."

Ich zucke mit den Schultern. „Geht ihr denn alle hin?"

„Klar!" Ihr Gesicht strahlt. „Ist doch cool. Wilhelms Eltern haben einen riesigen Partykeller und ein Hallenbad, stell dir das mal vor!"

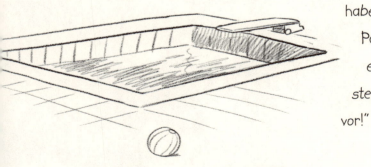

„Nope, danke. Solche Dinge sind mir nicht wichtig." Ich versuche, mich ganz cool zu geben. „Also kann ich mit der Maske nicht dienen."

Sibel winkt dem anderen Mädchen zu und holt ein Haargummi aus ihrem Rucksack. „Schade, weil Miss Cherry-Sunglasses das vorgeschlagen hat, auf dem Channel, den wir so cool finden. Die

ist noch nicht so alt wie die anderen **YouTuber** und kann uns deshalb viel besser verstehen. Wir machen immer alles, was die vorschlägt, die hat voll <u>den Plan!</u>"

Aha.

Wenn Jo-Jo und ich Clips oder so etwas angucken, dann, weil uns die Themen interessieren. Das Alter der Typen war uns bisher egal. Mädels ticken jedoch ganz anders, das weiß man schließlich, das sagen Mama und Oma auch ständig.

39

Könnte Miss Cherry vielleicht vorschlagen, dass die alle **NICHT** zu der Party hingehen!? Und dass sie nicht auf die Angebereien von Graf Dracula hereinfallen?

Keine schlechte Idee! „Wie kommt man an sie ran?"

Sibel guckt verständnislos. „Was meinst du? YouTube anklicken, Miss-Cherry-Sunglasses-Channel?"

Ich verdrehe die Augen. „Nein, in echt. Im realen Leben."

„Wie, im realen Leben? Wieso willst du das wissen? Keine Ahnung und ist doch auch egal. Man kann ihr be-

stimmt eine Mail schicken. Was willst du überhaupt von der?"

Ich merke, dass ich so nicht weiterkomme. Aber ich werde auf keinen Fall verraten, dass ich diese Miss Sonnenbrille (was ist das eigentlich für ein bescheuerter Name?????)

40

dazu überreden will, gewissen Zuschauerinnen ihres Channels ganz spezielle Tipps zu geben.

„Ach, egal. Guckt ihr die oft? Also du und ... Kim zum Beispiel ... oder ... die anderen ... Mädchen?"

Sibel bindet sich die Haare zu einem Zopf und steigt auf ihr Fahrrad. „Sag ich doch die ganze Zeit! Die ist total angesagt. Ein- bis zweimal die Woche ist ein Tutorial oder ein anderer neuer Clip von ihr online. Miss Cherry-Sunglasses ist **IN**, kapiert? Tschüss, ich muss los!"

Ich bleibe nachdenklich zurück.

Wenn diese Miss Einen-an-der-Kirsche so viel Einfluss bei den Girls hat, dann müsste ich Kontakt zu ihr suchen und sie überreden, mir zu helfen. Wie wäre es mit einem Tutorial, in dem sie mich vorstellt, **DAS** würde die Mädchen bestimmt beeindrucken.

GLEICH HEUTE NACHMITTAG WERDE ICH MIR EINEN PLAN ÜBERLEGEN!!! EINEN GENIALEN SUPER-PLAN!!!

Zu Hause empfängt mich ein köstlicher Duft nach Vanille und Zimt und Kakao und Kokos und ...

„Mhm! Oma? Was riecht hier so lecker? Ich bin übrigens da! Bist du hier unten?"

Seit Opa vor ein paar Jahren gestorben ist, wohnt Oma in einer kleinen Wohnung oben bei uns im Haus, und da Mama und Papa arbeiten, versorgt sie mich nach der Schule und meine kleine Schwester Alexa nach dem Kindergarten.

„Du sollst mich doch nicht Oma nennen, das klingt so furchtbar alt!"

„Du **BIST** alt, Oma!", rufe ich zurück. „Alt, aber noch nicht kurz vor dem Friedhof, also alles gut."

42

Sie kichert. Oma Irmgard ist zum Glück nie beleidigt. „Versuch mich trotzdem Granny zu nennen, so wie die englische Oma. Das klingt viel schöner, finde ich. Ich habe ein neues Rezept ausprobiert, Zimt-Kokos-Kipferl!", ruft sie. „Das reiche ich bei der Zeitung ein, vielleicht drucken sie es endlich mal in der Samstagsausgabe ab."

Oma ist eine begnadete Köchin und ihre Kuchen und Gerichte sind der absolute Hit. Ihr größter Traum ist es, bei einer dieser Kochshows im Fernsehen mitzumachen. Sie schickt immer wieder Bewerbungen als Kandidatin, aber bisher hat leider noch niemand darauf reagiert.

Verdient hätte sie es allemal.

Meine Oma ist sowieso ziemlich cool, sie sieht auch gar nicht wie eine typische Großmutter aus, versucht mit der Technik Schritt zu halten, reist viel, macht Sport und hilft

43

sogar ab und zu in der Hausarztpraxis meines Vaters an der Anmeldung aus. Meine anderen Großeltern sehe ich leider ziemlich selten, denn sie leben in LONDON, wo Mama herkommt.

„Es gibt Lasagne und zum Nachtisch die neuen KEKSE! Eigenkreation natürlich! Die Rezepte habe ich für unseren Italienisch-Kurs-Kochabend erfunden."

„Vielleicht solltest du nicht nur deine Bewerbung, sondern direkt die Gerichte an einen der TV-Köche schicken", sage ich spaßeshalber, während sie mir eine Riesenportion auf den Teller gibt.

„Aber ob dieses Päckchen überhaupt einen von ihnen persönlich erreichen würde? Wer weiß, wo das landet?"

Ich esse und denke über OMAS Worte nach. Mir wird klar, dass meine Mail diese Miss Brillenkirsche vermutlich null jucken würde.

YES!

Ich springe auf und lasse meine verdutzte Oma sitzen. „Ich muss etwas ganz Wichtiges erledigen!", rufe ich noch mit vollem Mund. „Danke fürs Essen! War superlecker! Aber jetzt bin ich in meinem Zimmer und total beschäftigt!"

„Hoffentlich mit Hausaufgaben und Lernen", höre ich ihre Worte noch.

Tja, das weniger, aber sie muss es schließlich nicht so genau wissen. Ich hole mein Handy aus der Tasche und mache für Jo-Jo eine Audio.

„Komm sofort zu mir, wann immer du kannst. Möglichst jetzt. Ich brauche deine Hilfe – es geht um Leben und Tod."

Seine Antwort lässt nicht lange auf sich warten. „Schon unterwegs! Was ist los?"

Kapitel 3.
Für alles eine Lösung

Keine Viertelstunde später steht ein atemloser Jo-Jo in der Tür. „Musst du wieder umkippen? Sind deine Eltern informiert? Was kann ich tun?"

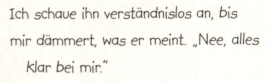

Ich schaue ihn verständnislos an, bis mir dämmert, was er meint. „Nee, alles klar bei mir."

„Aber du hast gesagt, es geht um Leben und Tod! Da habe ich sogar auf mein Dessert verzichtet! Wackelpudding mit roter Grütze! **Nicer Nachtisch!**"

„Jo-Jo!" Ich verdrehe die Augen. „Du bekommst gleich leckere Kekse. Die sind auch nice. Aber ich brauche sofort deine Hilfe!"

Jo-Jo sieht skeptisch aus, nickt aber. „Wobei denn?"

Ich hole tief **LUFT**: „Bevor ich es dir verrate, beantworte mir bitte zwei Fragen:

Erstens: Willst du zum neuen Klassenliebling aufsteigen? Zweitens: Willst du, dass die Mädels auf dich fliegen?"

Mein bester Freund zuckt mit den Schultern. „Wer will das nicht? Aber schon gut, ich komme klar."

**DAS IST ES DOCH GERADE!!!
WIR KOMMEN ALLE IRGENDWIE KLAR, ABER IST DAS EIGENTLICH FAIR?
NATÜRLICH NICHT!
DESHALB WERDE ICH ES JETZT ÄNDERN!!!**

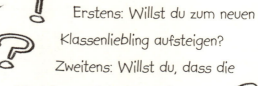

„Du musst nicht mehr nur klarkommen. Ich weiß, wie wir ganz schnell Superstars werden und Wilhelm ganz weit hinter uns lassen! Wenn ich mit dem fertig bin, geht keiner mehr zu irgendwelchen Graf-Dracula-Schlosspartys."

Ich mache eine kurze Pause, um die Spannung zu erhöhen, dann hole ich tief Luft. „Ich werde Influencer! Ich werde einen YouTube-Channel betreiben und du wirst mir dabei helfen", verkünde ich feierlich.

„**What?** Was geht bei dir???!!!" Jo-Jo schreit es fast heraus. „Hast du Fieber?"

„Du hast richtig verstanden! Ich werde meinen Fans Tipps geben und Tricks verraten, was oder wer wirklich angesagt ist. Nämlich in erster Linie wir. Und wer überhaupt **NICHT ANGESAGT** ist, nämlich gewisse blonde Adelige, hi hi hi."

„Welchen Fans? Bist du doch irgendwie krank?"

Ich strecke meine Arme in die Höhe. „Unseren Fans. Followern, kapiert? Die wir schon bald haben werden."

„Nee, ich check es nicht ..." Jo-Jo lässt sich auf den grauen Sitzsack in meinem Zimmer plumpsen und schüttelt den Kopf. „Also noch mal langsam und der Reihe nach."

„Ich werde **YouTuber** mit eigenem **CHANNEL**. Du weißt doch noch, dass wir letztes Jahr einen aus Spaß erstellt haben?"

Jo-Jo nickt und sieht mich immer noch ungläubig an. „Schon, aber das war doch nur, weil wir gucken wollten, ob es wirklich so simpel ist, unter einem **FAKE**-Namen. Da haben wir doch eh nie was gepostet."

 DAS WIRD SICH JETZT ÄNDERN!!!

Ich erkläre ihm, dass wir dieses Konto reaktivieren und erste Clips reinstellen werden. „Damit wir ganz easy und schnell Abonnenten bekommen. Und damit viel Einfluss!"

„Wir? Alter, also ich werde mich garantiert nicht bei irgendwas filmen und es anderen zeigen", wehrt mein bester Freund ab. „Auf keinsten!" AUF KEINSTEN!!

WENN JO-JO „AUF KEINSTEN" SAGT, DANN IST DAS DIE HÖCHSTE STUFE DER ABLEHNUNG, DA KANN MAN NICHTS MACHEN.

Ich hole mein Smartphone heraus. „Musst du auch nicht. Ich mache es freiwillig! Du bist mein Kameramann und Regisseur. Mal sehen, ob ich demnächst den Camcorder von meinen Eltern ausleihen kann, aber fürs Erste tut es auch das Handy. Schon heute drehen wir den ersten Clip."

„Schon heute? Was für einen Clip? Aber ich bin nicht zu sehen, oder? Das will ich auf keinen Fall!"

Jo-Jo sieht fix und fertig aus. Ich wusste gar nicht, dass der so kamerascheu ist.

Dabei gefällt mir die Idee immer besser!

„Junge, jetzt chill doch mal! Du brauchst nicht vor die **Kamera** und dein Name muss auch nicht genannt werden, ich brauche dich als **HANDY-HALTER** und damit wir zusammen die Ideen für die Clips entwickeln. Zwei Köpfe können mehr als einer, ist doch klar. Bist du dabei oder nicht?"

Na bitte, sein Gesicht bekommt jetzt wieder mehr Farbe. „Ideen entwickeln kann ich. Das Handy bedienen auch. Handy-Halter. Ja ... also ... okay." Jo-Jo nickt und klatscht mich ab. „Im **BACKGROUND** auf jeden Fall."

„Geil. Ich wusste, dass ich auf dich zählen kann."

ICH SEHE MICH SCHON ALS DEN TOTAL ANGESAGTEN INFLUENCER MIT TAUSENDEN VON ABONNENTEN! MEINE FANS WERDEN AN MEINEN LIPPEN HÄNGEN! SIE WERDEN SEHNSÜCHTIG WARTEN, DASS ICH DEN NÄCHSTEN CLIP HOCHLADE! ICH WERDE NATÜRLICH DARAUF ACHTEN, DASS DIE MÄDCHEN MICH GENAUSO MÖGEN WIE DIE JUNGS!

„Collin?" Jo-Jo ist aufgestanden und geht in meinem Zimmer auf und ab. „Aber braucht man da nicht die Erlaubnis von Erziehungsberechtigten? Und was machen wir, wenn die aus der Schule uns auslachen? Das könnte auch total nach hinten losgehen! Vielleicht sind wir danach auch komplett erledigt. Dann mobben uns alle. Was werden Wilhelm und Justus dazu sagen? Die machen uns fertig. Hast du dir das auch überlegt?"

ZUGEGEBEN, DAS HABE ICH NOCH NICHT. MEINE BEGEISTERUNG BEKOMMT EINEN DÄMPFER.

Ich runzele die Stirn. „Hater hat man immer", sage ich, merke aber selbst, dass ich nicht mehr so begeistert klinge. „Wenn ich genug Fans habe, dann können die Hater mich mal. Graf Dracula ganz vorneweg."

DÄMPFER ≠ DAMPFER

„Klar, aber zuerst brauchst du die Fans. Woher kommen die? Dein Channel müsste irgendwie richtig schnell bekannt gemacht werden ... Es gibt so viele andere YouTuber und Geld für Werbung hast du sicher nicht ..."

Nein

Nein, das habe ich wirklich nicht.

Und da ist noch die Sache mit den Erziehungsberechtigten ... Wenn ich meine Eltern um Erlaubnis frage, dann wird nichts daraus, da bin ich sicher.

Jo-Jo scheint zu merken, dass ich unsicher werde, denn er fängt sofort an, mich zu trösten. „Eigentlich ist es eine echt coole Idee – wir könnten so viel Spaß haben! Aber die Sache hat zu viele Haken, oder? Also, falls es nicht klappt, dann mach dir nichts draus!"

„Jungs, huhu! Wollt ihr einen Himbeer-Bananen-Smoothie und Kekse? Selbst gemacht!", hören wir Granny rufen.

„**YES**! Nachtisch!" Jo-Jo ist auch ein großer Fan ihrer Köstlichkeiten. „Du hast es echt gut mit deiner Oma – meine wohnt einfach zu weit weg, das ist richtig schade!"

„Ja, sie ist die Beste!"

„Habt ihr denn endlich was von den Fernseh-Kochshows gehört? Da muss sie hin!"

Ich winke ab. „Leider nicht. Dabei hätte Oma beste Chancen zu gewinnen! Und sie käme im TV sicher cool rüber."

DAS IST SIE ECHT – UND ... MOMENT MAL ... SIE IST ERWACHSEN! UND FÜR MICH ZUSTÄNDIG! GENIAL!

„Komm mit", sage ich zu Jo-Jo und ziehe ihn am Ärmel. „Ich weiß, wie wir das mit der Erlaubnis der Erziehungsberechtigten hinkriegen!"

(Coole Oma)

„Wie denn?" Mein bester Freund guckt schon wieder skeptisch, trottet mir aber hinterher. „Soll ich mich etwa als dein Vater ausgeben? Muss ich dann auch von seinen Patienten erzählen? Wie das Blut gespritzt hat, während ich eine Spritze

reingehauen habe? Da wird mir schlecht und dann muss ich brechen. Als deine Mutter kann ich mich auf keinen Fall ausgeben – die kommt ja aus England und so gut Englisch wie sie kann ich nicht, my darling."

„**Bullshit!**", rufe ich. „Jetzt komm!"

Auf dem Esstisch stehen gefüllte Gläser mit einem wirklich lecker aussehenden Getränk und jede Menge Kekse. Oma hat es einfach drauf!

„Hallo, Johannes! Wie geht es dir? Möchtest du auch meine neuen **Kipferl** probieren? Bedient euch, Jungs!"

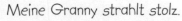

Jo-Jo greift sofort zu und fängt an zu kauen. „Genial!", sagt er mit vollem Mund. „Ich hoffe so sehr, dass Sie in eine Kochshow eingeladen werden! Sie gewinnen glatt! Und dann werden Sie berühmt!"

Meine Granny strahlt stolz.

Bling!

UND DA IST ER WIEDER, DER NÄCHSTE GENIALE GEDANKE! ICH WUSSTE SCHON IMMER, DASS IN MIR EIN GENIE SCHLUMMERT!

Ich hole tief Luft. „Oma ... ich meine ... Granny, wir brauchen vielleicht nicht darauf zu warten, bis dich ein Fernsehsender entdeckt", sage ich einschmeichelnd und hoffe, dass meine nächsten Worte sie überzeugen werden. „Ich habe eine geniale **Idee**, wie wir deine Kochkunst auch so berühmt machen."

„Ach ja?", fragen Oma und Jo-Jo gleichzeitig.

Ich nicke. „Weißt du, Jo-Jo und ich wollen einen YouTube-Channel eröffnen und eigene Clips drehen, du weißt schon, Videos, wo Leute etwas lernen oder neue Dinge erfahren können. Das werden vor allem **Tutorials**, also Ratgeber, um anderen Teenies etwas ... beizubringen."

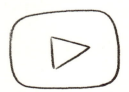

„Also quasi eine Wissenschaftssendung?", fällt mir Oma ins Wort, während sie den MIXER sauber macht.

Ich nicke eifrig. „Ganz genau! Die totale Wissenschaftssendung! Und da habe ich mir gedacht: Wie wäre es, wenn du hin und wieder als mein Gast auftreten und deine Rezepte präsentieren würdest? Schließlich ist es auch wichtig, gut kochen und backen zu können."

Jo-Jo verschluckt sich fast an seinem Smoothie, aber ich habe jetzt die volle Aufmerksamkeit von Oma, das merke ich sofort. Sie stellt den Mixer ab und setzt sich zu uns an den Tisch. „Wie würde das ablaufen?"

Ich erkläre, was ich mit den Tutorials meine. „Und dafür brauche ich aber die **ERLAUBNIS** eines Erziehungsberechtigten, verstehst du, und das bist du, ne?"

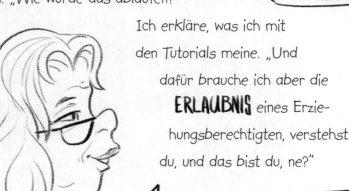

"**Colin**, du willst doch aber keinen Mist ins Internet stellen? Also keine Beleidigungen oder so etwas?"

Ich bin entrüstet. "Granny, natürlich nicht! Wo denkst du hin?"

"Und deinen Namen dürftest du auch nicht veröffentlichen und auf keinen Fall unsere Adresse!" Oma bemüht sich offensichtlich um einen strengen Gesichtsausdruck. "Ich lese doch täglich, auf was für Ideen die Leute kommen."

"**Logo!** Ist doch klar! Der Channel würde einen coolen Namen bekommen und ich würde mich auch anders nennen. Die ganzen Influencer heißen doch auch anders als im realen Leben."

Meine Granny reißt entsetzt die Augen auf. "**Influenza?!** Das ist doch eine schlimme Grippe!"

61

Wir erklären ihr, dass so die Leute genannt werden, die in den sozialen Netzwerken wichtig sind. „Ich würde Ratschläge erteilen und vielleicht etwas testen und es meinen Abonnenten =Follower zeigen oder so was in der Art." ↳Fame

Oma steht auf Bildung, also lege ich noch einen nach: „Du sagst doch selbst, dass wir jungen Leute viel lernen müssen."

Mein bester Freund hat sich von seinem SCHOCK erholt und stimmt mit ein: „Genau, zum Beispiel würde Collin den Leuten in unserem Alter sagen, dass sie mehr chillen sollen und ihre Zeit nicht sinnlos am Handy verschwenden."

„Chillen? Ihr meint wohl lernen und fleißig sein? Bildung vermitteln, Allgemeinwissen, Erdkunde, Geschichte, Politik, richtiges Deutsch natürlich auch, ja, Sprache ist wichtig …"

„Das auch!", beeile ich mich zu versichern, bevor meine Großmutter noch Naturwissenschaften und Fremdsprachen vorschlägt. „Versteht sich von selbst! Also wärst du stellvertretend für **Mama** und **Papa** schon mal einverstanden? Dann würden Jo-Jo und ich gleich mit dem ersten Clip anfangen."

Oma legt uns zwei Servietten auf den Tisch. „Mal sehen. Putzt euch erst mal den Mund ab, so könnt ihr doch nicht vor eine Kamera treten. Und die Hände solltet ihr euch auch waschen und die Haare kämmen."

ERST ZÄHNEPUTZEN, KÄMMEN, MAKE-UP, LÄCHELN, DANN YouTube

ICH WÜSSTE ZU GERN, OB DIE BERÜHMTEN YOUTUBER SICH AUCH ZUERST DIE HAARE KÄMMEN UND DIE HÄNDE WASCHEN, BEVOR SIE IHRE CLIPS DREHEN. ODER OB SIE IHRE OMA UM ERLAUBNIS FRAGEN. EINES TAGES FRAGE ICH EINEN VON IHNEN DANACH.

„Granny, heißt das, dass das fit geht?"

„**BITTE?**"

„Dass es klargeht."

Sie räuspert sich. „Nun, du solltest immer Hochdeutsch sprechen, vor allem wenn du anderen jungen Leuten Allgemeinbildung vermitteln willst. Aber ich finde es gut, dass du auch generationsübergreifend arbeiten möchtest."

„Wie?", fragt Jo-Jo und kratzt sich am Kopf.

„Wenn ich am Channel beteiligt werde, machen unterschiedliche Generationen mit, Johannes. Soll

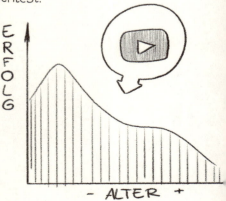

ich dann heute schon die Kipferl oder den Smoothie vorstellen? Und das ganze Internet wird mich sehen können?" Granny hat eindeutig angebissen. Sie fährt sich durchs Haar. „Ich müsste mich dann nur umziehen, beim Friseur war ich ja schon ..."

Jo-Jo und ich sehen uns panisch an.

NEVER HEUTE SCHON? SOLL MEIN ALLERERSTER CLIP ETWA EIN KOCHREZEPT VON OMA SEIN? NEVER EVER!!!

„Weißt du", sage ich und suche nach den richtigen Worten. „Es wäre doch schade, wenn deine tollen Gerichte von niemandem gesehen würden. Ich muss zuerst ein paar Abonnenten finden, du willst schließlich das ganze Internet!"

„Auf jeden Fall Abonnenten", stimmt Jo-Jo mir zu.

Oma runzelt die Stirn und nickt. „Gut, das sehe ich ein. Aber

frag bitte Sigrid um Hilfe, wie man das ganze Internet bekommt, das weiß die bestimmt."

„Sigrid?" Ich sehe sie fragend an. „Welche Sigrid?"

„Na die von Apple. Du kannst mein Handy benutzen. Sag einfach: ‚Sigrid, ich bitte dich um Tipps für Internet-Abonnenten', und dann antwortet sie dir irgendetwas Kluges."

Jo-Jo prustet los und hält sich schnell die Hand vor den Mund und auch ich beiße mir auf die Lippen. „Siri, Grandma. Sie heißt Siri, nicht Sigrid, aber ich denke, wir kommen auch ohne ihre Hilfe aus. Wir gehen dann wieder in Mein Zimmer."

Granny nickt, dann fällt ihr aber noch etwas ein: „Collin, ich glaube, ich sollte es trotzdem zuerst mit Mama und Papa besprechen. Vielleicht sind sie dagegen, dass du als Minderjähriger im Internet zu sehen sein wirst, auch wenn du dort Wissenschaft und Bildung vermittelst."

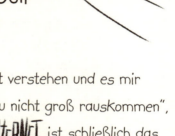

MIST!
MIST!
MIST!
GENAU DAS WOLLTE ICH DOCH VERHINDERN!

„Aber sie werden es vielleicht nicht verstehen und es mir verbieten, und dann kannst auch du nicht groß rauskommen", wende ich schnell ein. „Und das ist schließlich das Fernsehen der Zukunft!"

Oma scheint nachzudenken. „Aber dein Gesicht wäre ja zu sehen, nicht wahr? Das müssen am Ende deine Eltern entscheiden."

Kapitel 4.
Die Sache mit dem Erkennen

Einen Moment sitzen wir alle ratlos und schweigend herum. Ich fürchte schon, dass alles nicht klappen wird. Doch dann klopft Jo-Jo mit der flachen Hand auf den Tisch.

„Ich hab's. Du wirst unkenntlich gemacht, dann hat doch bestimmt niemand etwas dagegen. Anonymer Affenkopf."

„Diese *Jugendsprache* wird mir immer unheimlicher, Johannes, bitte sprich auch du Hochdeutsch mit mir, ja? Oder bist du im anderen Internet unterwegs als ich?"

Bevor wir ihr irgendwie logisch darauf antworten können, erhellt sich ihr Gesicht. „Ich finde deinen Vorschlag sehr gut. Wenn **Collin** nicht zu sehen ist und einen anderen Namen hat, dann kann ich es verantworten."

68

SUPER SPITZENIDEE.
ICH KÖNNTE MIR VIELLEICHT EINEN
SACK ÜBER DEN KOPF ZIEHEN UND MICH
BLÖDER-SACK-CHANNEL NENNEN.

„Genau, und dadurch wärst du geheimnisvoll und interessant."
Mein bester Freund **fuchtelt** wild mit den Armen. „Das wäre
doch etwas ganz anderes! Der YouTuber, dessen Gesicht
man nicht kennt. Wie der maskierte
Magier oder Zorro oder Anonymus
oder so ..."

HM, SO KLINGT ES DOCH
SCHON GANZ ANDERS ...
ABER WIE SOLL DAS GEHEN?

Ich seufze. „Soll ich mir etwa
einen schwarzen Balken
verpassen? Vor den Augen,
wie so ein Verbrecher oder
Verdächtiger? Das finde ich
nicht gut."

„Zum allgemeinen Schutz könntest du vielleicht verdeckt gefilmt werden oder von hinten, während du etwas erzählst ...", schlägt Oma vor.

„Ich kann doch nicht einen Channel betreiben und meine Beiträge von hinten ansagen!" Jetzt werde ich sauer. „Dann kann man es gleich vergessen!"

Jo-Jo schiebt sich noch zwei **Kekse** in den Mund. „Oder wir machen etwas ganz Innovatives!", ruft er.

„Inno... was?"

„Etwas Neues, das auffällt! Du könntest zum Beispiel eine große Sonnenbrille tragen! Oder eine Augenklappe! Oder einen Hut! Der unerkannte Unbekannte!"

AUGENKLAPPE?
HUT?
VIELLEICHT NOCH EINEN ZAUBERUMHANG
UND EIN PIRATEN-KOPFTUCH?
WIR MACHEN DOCH KEINEN KLEINKINDER-CHANNEL!

Jo-Jo sieht **Oma** fragend an und diese nickt zustimmend. „Genau, etwas, womit man dich nicht erkennen kann, dagegen können deine Eltern nun wirklich nichts sagen! Vielleicht ... eine Maske,

so wie dieser sympathische junge Mann, **CRO** heißt er, dieser Sänger, den ich neulich im Fernsehen gesehen habe. Der hatte die ganze Zeit eine **PANDA**-Maske aufgehabt, stellt euch das vor! Sein Gesicht kennt man nicht, wurde dort gesagt. Er singt mit der Maske und geht damit zu Interviews, ist ein Superstar und wird im Privatleben nicht erkannt. Wisst ihr, wen ich meine?"

„Ja, sicher", sagen Jo-Jo und ich gleichzeitig. „Seine Musik ist total angesagt!"

**EINE TIERMASKE!
HAT DAVON NICHT AUCH SIBEL GEREDET?
IRGENDWIE SCHEINEN MASKEN DERZEIT IN ZU SEIN.**

HAHA HA HA HA

EIGENTLICH EIN SUPER-EINFALL! DAMIT WÄRE AUCH DAS PROBLEM GELÖST, DASS MICH LEUTE AUS MEINER SCHULE ERKENNEN UND AUSLACHEN KÖNNTEN!

TIERKOPF?

„Angenommen, ich würde mir auch so eine Maske mit einem Tierkopf aufsetzen, damit man mich nicht erkennt – könnten wir dann direkt loslegen?", will ich wissen.

LOS

Meine Oma winkt gelassen ab. „Selbstverständlich. Du bleibst anonym und willst eine Wissenschaftssendung machen – geschichtliche Aspekte beleuchten, über Geografie und Kultur reden. Das kann man als Erwachsener nur unterstützen!"

WANN HAB ICH DAS EIGENTLICH BEHAUPTET???

„Ja, Collin, das finde ich auch einfach großartig", sagt Jo-Jo und ich sehe, dass er sich vor Lachen kaum halten kann.

„Gib deine Bildung an die anderen weiter, du kennst dich ja sehr gut in allen Bereichen aus. Vor allem im Fußball. Vielleicht lernst du durch den Channel auch endlich einen Fußballstar kennen, den kannst du dann als Gast einladen."

Meine Granny sieht verwirrt aus. „Fußball? Ich dachte, es soll in den Sendungen um Kultur und Kochen gehen? Na ja. Vielleicht können wir mal was zusammen am Herd zaubern."

Jo-Jo lacht sich jetzt halb tot. „Das wird ein maximaler Mega-Spaß, ich weiß es jetzt schon. Lass uns endlich loslegen."

„Aber vergiss nicht die Maske!", ruft Oma uns hinterher. „Wie wäre es mit einem Igel oder einer schönen Schildkröte für dich, Collin? Das würde zu Biologie passen. Oder ein Marienkäfer? Den haben wir sogar in einer Karnevalskiste im Keller!"

IGEL?
SCHILDKRÖTE?
MARIENKÄFER?
HILFE!!!

Mein bester Freund amüsiert sich bestens. „Oder Kleopatra, wenn es um Geschichte geht. Sphinx? Mozart bei Musik? Van Gogh ohne Ohr, wenn du über Kunst redest? Wissenschaftliches Wissen to go, sozusagen."

Voller Vitamine

„Genau!", stimmt auch Oma mit ein. „Heutzutage ist alles to go. Ich könnte auch Vitamincocktails to go vorstellen. Ein Stück Gesundheit to go von mir – ein Stück Geschichte to go von dir. Wollen wir das gleich schon mal aufnehmen?"

Jetzt reicht es aber.

Ich zeige Jo-Jo einen Vogel und drehe mich zu Oma um. „Granny, lass mich bitte selbst überlegen, ja?" Ich bin so froh, dass sie mitzieht, dass ich sie jetzt auf keinen Fall verärgern will. „Ich finde schon etwas Passendes und in der Zwischenzeit kannst du dir überlegen, wie du deine Beiträge gestalten willst."

VOLLTREFFER.
SIE NICKT UND SCHWEIGT.

TSCHAK

Dann wirkt ihr Blick plötzlich abwesend. „Ich brauche natürlich einen Namen, der sich einprägt ... Was haltet ihr von ... Irmgards Insel des guten Geschmacks ..."

„Wir gehen jetzt an die Arbeit und du überlegst noch weiter." Bevor sie komplett durchdreht, sollten wir gehen.

„Mhm ... IRMGARDS Invitation in die Intimitäten der Küche ... möglicherweise zu lang, aber dennoch niveauvoll, finde ich."

INSEL DES GUTEN GESCHMACKS

Meine Granny hört uns überhaupt nicht mehr zu, deshalb können wir ohne Weiteres in meinem Zimmer verschwinden.

„Abgefahren", Jo-Jo lacht sich kaputt, sobald wir die Zimmertür geschlossen haben. „Aus der Nummer kommst du nicht mehr raus, Irmgards Independence Inselküche wird starten, das ist mal klar."

Ich befürchte es auch, aber damit befasse ich mich später. „Mal sehen. Jetzt haben wir jede Menge zu tun", sage ich zu meinem besten Freund. „Unser Channel braucht einen Namen und ich brauche eine coole Tiermaske, die mich nicht beim Reden behindert, sondern wie bei Cro gut mein Gesicht verdeckt. Und komm mir nicht wieder mit Kleopatra!"

„Ja, ist doch klar, das war ein Scherz, Mann! Einen Namensvorschlag hätte ich auch schon: Was hältst du von Collins Chill-Mal-Channel? Passt irgendwie, oder?"

Ich nicke anerkennend. „Hört sich gut an, geht aber nicht, denn der Name Collin muss ja verborgen bleiben."

COLLINS CHILL MAL CHANNEL

„Stimmt auch wieder, du bist anonym."

Jo-Jo holt sein Handy heraus. „Dann sollten wir uns zuerst um die Maske kümmern. Meine Tante spielt in ihrer Freizeit Theater und die hat mit ihrer Truppe neulich ein Stück aufgeführt, das mit Tieren zu tun hatte. Soll ich sie mal fragen, ob die noch irgendwelche Requisiten haben?"

„Das wäre super!"

Drei Minuten später strahlt Jo-Jo übers ganze Gesicht. „Yes! Die haben aus irgendwelchen Stoffen einen grauen **ELEFANTEN**, einen braunen Puma und ein **ZEBRA** genäht. Dazu gab es auch eine Halbmaske. Wir dürfen uns eine davon aussuchen und sie gleich abholen. Sie hat noch nicht mal gefragt, wofür ich sie brauche. Weißt du, was ich an deiner Stelle nehmen würde?"

„Den Puma!", sagen wir beide gleichzeitig und dann klatschen wir uns ab. „Gute Wahl!"

Jo-Jo schwört, dass es nicht weit entfernt ist, und wir machen uns direkt auf den Weg.

Kapitel 5.
Die Rückwärtsbotschaft

Eine halbe Stunde später sitze ich in schwarzem Shirt, schwarzer Jeans und mit meiner neuen Puma-Maske auf meinem Bett und betrachte mich von allen Seiten im Spiegel.

Leute, es sieht richtig cool aus! Damit fühlt man sich direkt irgendwie anders!

„Wie ist mein Look?", frage ich Jo-Jo zum wiederholten Mal und er nickt geduldig. „Supi! Das wird richtig geil werden! Ich hab jetzt voll Bock darauf, dich in Szene zu setzen. Mit meinen zwei neuen Apps kann ich die Lichtverhältnisse verändern und dich gleichzeitig supercool wirken lassen. Die ist besser als die üblichen Filter. Äh, was wirst du heute machen?"

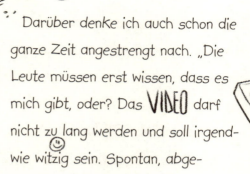

Darüber denke ich auch schon die ganze Zeit angestrengt nach. „Die Leute müssen erst wissen, dass es mich gibt, oder? Das **VIDEO** darf nicht zu lang werden und soll irgendwie witzig sein. Spontan, abgefahren ... und es muss sich von den anderen Clips abheben. Und keiner soll mich erkennen."

„Junge, hoffentlich geht das klar."

ICH WEISS PLÖTZLICH AUCH NICHT MEHR, OB DAS ALLES GUT GEHT ... ABER WENN DER CHANNEL EIN FLOP WIRD, DANN ERFÄHRT DANK DER PUMA-MASKE WENIGSTENS KEINER, DASS ICH MICH BLAMIERT HABE!

Jo-Jo ist mein bester Freund und er scheint meine Gedanken zu erraten. „**ALTER, DU ROCKST** das Ding!", spricht er mir Mut zu. „Aber, wenn du es abblasen willst, ist das auch kein Problem. Noch haben wir nicht angefangen."

GULP Ich schlucke und dann schiebt sich plötzlich das Bild von Wilhelm von Rosenberg vor mein inneres Auge, wie er mich herablassend angrinst.

**NEIN, ICH WERDE ES DURCHZIEHEN!
ICH, COLLIN DUHM, WERDE YOUTUBER!
WER NICHT WAGT, DER NICHT GEWINNT!**

ICH ROCKE

Ich grinse. „Jawohl, ich rocke es. Keine Ahnung, worüber ich quatschen werde, ich mache das spontan. Meinst du, du kriegst es irgendwie hin, dass du meine Stimme verzerren kannst? Die darf mich nicht verraten!"

„Klar." Jo-Jo holt sein Smartphone heraus. „Dafür gibt's auch eine **APP**. Das ist easy. Und hat der Channel jetzt einen Namen? Wie wäre es mit **MISTER SCHOKO-EIS?** Oder **Boss Banana?** Beides isst du doch gern und dann hat das eine Verbindung zu dir und zu deiner Oma."

"Oma? Mann, Jo-Jo! Wenn es nur ums Essen ginge, dann hätte Oma den Hauptjob und ich müsste mich **Mister Pizza Salami** oder so nennen, wie uncool ist das denn?"

Wir müssen beide lachen und er nickt. "Oder du nimmst eine geheime Abkürzung. Was machst du denn sonst gern? Warte, vielleicht ... **Channel CoMaFu?** Für Collin mag Fußball?"

EINE ABKÜRZUNG IST NICHT SCHLECHT!

"Danke für die Inspiration", grinse ich.

UND DANN HABE ICH WIEDER EINEN EINFALL!!!

"Ich hab's!", rufe ich laut. "Was hältst du von **CMC**? Aber schön Englisch ausgesprochen, you know? Also

81

CMC

Si-Em-Si. Für **CHILL-MAL-CHANNEL**. Deine erste Idee war doch total super! Das passt zu uns."

„CHILL-MAL-CHANNEL", wiederholt Jo-Jo und strahlt. „I like it! Idiotensichere Idee!"

„Mit einem wissenschaftlichen Untertitel, damit Oma sich bestätigt fühlt", grinse ich. „Also so was wie Institution ... Institut ... Fakultät ... oder irgendeine andere wichtige Bezeichnung, die wissenschaftliche Dinge vermittelt."

Jo-Jo zieht die Stirn in Falten. „Lass mich nachdenken ...", sagt er und schließt die Augen, „warte ... Wissenschaft ... Bildung ... Vermittlung ..."

„Machst du jetzt Yoga, oder was?"

Aber er lässt sich nicht beirren und murmelt weiter vor sich hin: „Institution ... wir müssen größer denken ... Hochschule ... Universität ... Genau! Wie wäre es mit ‚Universelle UNIVERSITÄT für' ..."

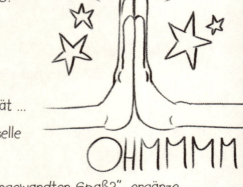

OHMMMM

„... angewandten Spaß?", ergänze ich. Universität gefällt mir sehr gut!

sehr gut!

„Oder ... ultimative Unterhaltung?", schlägt Jo-Jo vor und ich bekomme sofort Gänsehaut.

DAS PASST ZU UNS!
ICH HOLE EINEN DICKEN STIFT UND EINEN BLOCK UND SCHREIBE ES AUF:
„Chill-Mal-Channel - universelle Universität für ultimative Unterhaltung"
KRASS.
ICH BIN 13 JAHRE ALT UND HABE BEREITS EINE UNIVERSITÄT GEGRÜNDET.
DA KANN NUN WIRKLICH KEIN ERWACHSENER ETWAS DAGEGEN HABEN!

PROFESSOR COLLIN

„Dann bin ich so was wie ein Professor und du quasi auch?"

„Oder zumindest dein wissenschaftlicher Mitarbeiter. Das ist so richtig mit **Bildung**!" Wir sehen uns an und nicken.

Der Name gefällt mir immer besser.

83

IQ 182

„Wir sind voll die Genies", sagt mein bester Freund. „Das wird der absolut heftige Hammer! Und alle, die dich abonnieren, können sagen, dass sie eine Uni im Internet besuchen, das ist so mega! Also los, Professor CMC, dann ran an die Arbeit!"

Jo-Jo strahlt und ich freue mich echt, dass er dabei ist und mir hilft. Zusammen macht es ja auch viel mehr Spaß. Jetzt haben wir schon eine eigene UNIVERSITÄT! Ich stelle mir vor, wie die Leute unsere Uni besuchen, und vor allem, wie die Mädchen meinen Clip sehen, und sich natürlich fragen, wer dieser geheimnisvolle und attraktive CMC mit der Puma-Maske wohl ist ...

GÄNSEHAUT!
ICH WERDE EIN STAR!
VIELLEICHT BEKOMME ICH AUCH
EINEN WERBEVERTRAG?

Wir entscheiden, dass ich mich für den Clip einfach vor eine Wand in meinem Zimmer stelle. Neutral und keine besonderen Merkmale, die auf mich zurückzuführen sind.

84

„MUSIK zu Beginn wäre nicht schlecht, aber die darf man nicht einfach so verwenden", bemerkt mein bester Freund und ich bin wieder einmal dankbar, dass er dabei ist. Auf diese Idee wäre ich gar nicht gekommen. „Es sei denn, es ist eine Eigenkomposition."

Ich nicke. „Das müssen wir uns merken auf unserer To-do-Liste. Eine coole Band gründen und dann selbst ein Stück komponieren. Aber das schaffen wir heute nicht mehr."

„Also erst mal ohne MUSIK. Sollen wir vorher proben?", will Jo-Jo wissen, während er die App auf seinem Handy einstellt. „Welche Stimme willst du haben? Eine hohe oder tiefe?"

„Vielleicht eine geheimnisvoll-gruselige? Und nein, wir nehmen direkt alles so auf, wie es kommt, ohne zu proben, zu schneiden oder zu testen. Ich will echt bleiben, dann bin ich glaubwürdig. Die Profs an der Uni proben auch nicht ihre

live

Vorlesungen, oder? Die sprechen live zu ihren Studenten. Und schließlich machen wir auch die ultimative Unterhaltung und die kommt spontan am besten."

Jo-Jo kratzt sich am Kopf. „Okay, aber sprich heute noch nicht über Geburtstagspartys von Adeligen, sondern warte ab, bis du ein paar Abonnenten hast. Aber erklär den Leuten, warum eine Maske dein Gesicht versteckt."

Ich sehe ihn fragend an. „Ich kann doch nicht sagen, dass ich Angst davor habe, in der Schule ausgelacht zu werden, oder dass meine Familie mich nicht im Internet sehen will. Das ist unprofessionell."

„Dann lass dir etwas anderes einfallen. Sag, du bist so hässlich, dass es keiner erträgt, hi hi." Jo-Jo lacht. „Eine richtige Hackfresse."

IM LETZTEN MOMENT KOMMT
MIR NOCH EINE IDEE.
ICH KÖNNTE ZUM ENDE EINEN SATZ RÜCKWÄRTS
AUFSAGEN, DANN HABEN MEINE FANS ETWAS,
WAS SIE ERST ENTRÄTSELN MÜSSEN,
UM ZUM CLUB ZU GEHÖREN!
DAS MUSS ICH ABER VORHER AUFSCHREIBEN,
DAS KANN ICH UNMÖGLICH FREI SPRECHEN.

Ich richte noch mal die Puma-Maske und hoffe, dass Oma nicht während des Drehs hereinplatzt, während sich Jo-Jo mit dem Handy vor mir aufbaut.

„Wie viele Minuten soll der Clip haben, **CMC?**"

Keine Ahnung. „Nicht so lang fürs Erste. Woran kann ich erkennen, wie viel Zeit vergangen ist?"

„Hast du nicht eine große Uhr oder so, die du immer im Blick hast?"

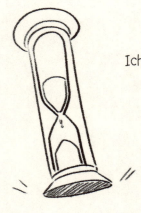

Ich greife in mein Regal und ziehe ein Brettspiel heraus. „Noch besser: Hier ist so eine lustige EIERUHR mit einem Zufallsgenerator – die wird verwendet. Man weiß nie, wie viel ZEIT man hat."
Jo-Jo klopft mir auf die Schulter.

„Perfekt! Also denk daran, Collin, es gibt nur diesen einen Clip und den laden wir hoch – egal, was passiert, oder?"

„**Jap!**"

„Versprochen? Nicht, dass du hinterher kneifst!"

Ich verdrehe die Augen. „Gib schon Ruhe, so machen wir das. Hop oder top! Wir bleiben echt."

Wir klatschen uns ab. Jo-Jo ist bereit, ich sowieso und irgendwie brenne ich jetzt darauf, irgendwem irgendetwas zu erzählen – die beste Voraussetzung also!

OB KIM SCHON BALD ZUSCHAUEN WIRD?
ICH HOFFE ES SO SEHR!

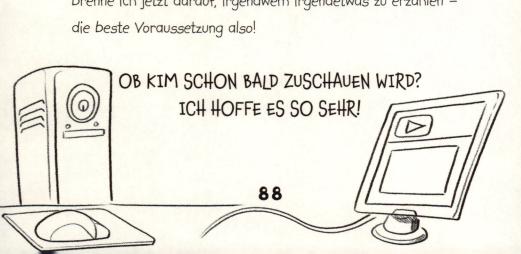

54321

„Fünf, vier, drei, zwei, eins", zählt Jo-Jo herunter, „und ... bitte!"

Der Moment ist schneller da als erwartet – ich bin auf Sendung!

**HILFE!!!
WORÜBER SOLL ICH REDEN???
MEIN KOPF IST AUF EINMAL LEER!!!
SAG ETWAS, COLLIN!
MIR FÄLLT NICHTS EIN, ICH HABE ANGST!**

Jo-Jo gibt mir wilde Zeichen, dass ich endlich reden soll.

Ich räuspere mich und beschließe, mich erst mal vorzustellen.

„Hey, Leute, hier ist euer Col–, euer **CMC**, willkommen in der ‚universellen Universität für ultimative Unterhaltung'. Hier wird euch Wissen vermittelt. Und Spaß. Wir schneiden nicht, wir proben nicht, wir machen einfach."

Mein bester Freund hält den Daumen hoch und zeigt dann auf seinen Kopf.

89

Liegen meine Haare etwa nicht gut?
Was will er?
Ach, die Puma-Maske.

OK

„Okay ... also ich trage eine Maske und ihr fragt euch, warum? Weil ... weil ... das Äußere nicht wichtig sein soll."

MEINE HAARE LIEGEN IMMER GUT

DAS IST GUT, WEITER SO, COLLIN, ICH MEINE, CMC! Cool

„Ja ... also die ... die coolsten Jungs sind oft zuerst unscheinbar, seht euch mal um in eurer Klasse, natürlich nicht bei den Lehrern ... Ach, **Shit**! Ich hab die Eieruhr nicht gestellt! Moment!"

Ich greife nach der Uhr, die neben mir auf dem Boden steht, und halte sie hoch, dann drücke ich oben drauf und höre, wie sie zu ticken anfängt. Aus den Augenwinkeln sehe ich, wie Jo-Jo grinst und dabei leicht mit dem Handy wackelt.

„Achtung, du verwackelst das Bild, Jo... Jo...sef!" Im letzten Moment fällt mir ein, dass ich seinen Spitznamen nicht verraten darf!

„**Josef** ist mein wissenschaftlicher Mitarbeiter und Kameramann, müsst ihr wissen. Er ist ungefähr neunzig Jahre alt und kann nicht mehr lange ruhig stehen."

Ich unterbreche mich, weil ich merke, dass ich die Eieruhr noch in der Hand halte. Vielleicht sollte ich das kurz mit der Länge der Clips erklären.

„Ich rede jetzt, bis hier ein **Pfeifton** herauskommt, klar? Es ist keine richtige Eieruhr, denn ich koche ja keine Eier, das ist eher so ein Zufallsgenerator und keiner weiß, wie viel Zeit ich habe ... Ich will euch immer wissenschaftliche und äußerst nützliche Tipps fürs Leben geben und ihr könnt mir Fragen stellen, wie beim Elternsprechtag. Jo...sef, gibt es an der Uni Elternsprechtage? Was ist denn das? Hörst du das auch?"

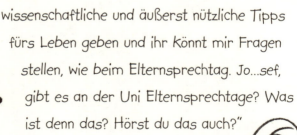

Ich unterbreche mich, weil draußen ein Klopfen zu hören ist. „Hallo! La-ter-ne! La-ter-ne! Ro-te, gel-be, grü-ne, wei-ße!", singt da plötzlich eine helle Kinderstimme direkt hinter meiner Tür. „Bist du da? Was macht ihr? Granny hat gesagt, ich soll nicht reinkommen! Ich will aber!"

OH, SHIT!
ALEXA, MEINE KLEINE SCHWESTER, IST WOHL GERADE NACH HAUSE GEKOMMEN!
SIE DARF JETZT NICHT IN MEIN ZIMMER HINEIN!
UND AUCH NICHT MEINEN NAMEN SAGEN!
WIR SIND AUF SENDUNG!

WIR sind in der UNI!

„Hör auf Oma und *bleib draußen! Wir sind in der Uni!*", schreie ich panisch. „Hier ist gerade eine Uni-Stunde!" Jo-Jo hält immer noch das Handy auf mich gerichtet, lacht sich aber schief.

„Was ist **Uni-Stunde**? Kann ich dir mein neues Lied vorsingen? Hör mal", krakeelt es weiter vor meiner Tür.
„Ro-te, gel-be, grü-ne, wei-ße! Je-des Jahr die glei-che ..."

In diesem Moment klingelt die Eieruhr und ich schlage mit der flachen Hand darauf. „Nein! Bleib draußen! So, Leute, ihr habt es gehört, die heutige Sprechstunde ist schon zu Ende, weil die Eieruhr an meiner Universität die **MACHT** hat. Leider sind wir schon am Ende für heute. Mailt mir, wenn ihr echte Ratschläge braucht, von jemandem, der richtig Plan vom Leben hat. Demnächst geht es

richtig los mit wissenschaftlichen Unterhaltungsbeiträgen und auch mal mit einem leckeren Rezept von meiner Senioren-Praktikantin Irmgard. Ach ja, hier die Botschaft des Tages für euch ..."

Alexa unterbricht mich: „Kann ich endlich reinkommen?!"

„Nein! Kannst du nicht!" **Nein! Kannst du nicht!**

HOFFENTLICH HÄLT SIE SICH DARAN, BIS WIR OFFLINE SIND!!! WO IST DENN MEIN ZETTEL???

Ich finde ihn in meiner Hosentasche und lese ganz schnell laut vor: „loocnu dnis egnilbeilrerheL eid" Und weil ich befürchte, dass das für einige zu schnell gesprochen war, halte ich den Zettel noch schnell in die Kamera. „Klar? Denkt mal alle darüber nach! Schnitt!"

> loocnu dnis
> egnilbeilrerheL
> eid

Kapitel 6.
Wir sind online!

Jo-Jo lässt das Handy sinken und wir sehen uns an. Einen Moment lang sagt niemand von uns etwas.

„Was für ein Chaos", sage ich schließlich. „Müssen wir das noch mal machen, Jo-Jo-Josef?" **Jo-Jo-Josef**

Mein bester Freund schüttelt den Kopf und fängt an zu kichern. „Not bad, not bad. Das war irgendwie sinnfrei, aber wir haben gesagt, das wird so online gestellt."

Sein Lachen wirkt irgendwie ansteckend und plötzlich brechen auch bei mir alle Dämme. Wir lachen und lachen und liegen fast auf dem Boden. „Mit der Puma-Maske kann ich eigentlich alles sagen und tun, das geht richtig klar."

„Was macht ihr hier? Wieso lacht ihr?" Natürlich hat es meine kleine Schwester nicht ausgehalten und steht nun doch in meinem Zimmer. „Soll ich das neue Lied noch mal vorsingen?

95

Von den Laternen? Das hat mir Julius im Kindergarten beigebracht. Das geht noch weiter, mit einem ganz schlimmen Wort ... Wieso hast du ein Tier auf dem Kopf, Collin?" Sie schaut mich verwundert an. „Spielt ihr Verkleiden? Ich will mitmachen! Ich hole mein Prinzessinnenkleid!"

„Nein, wir spielen nicht, bitte geh aus meinem Zimmer raus!", rufe ich. „Oma hat doch gesagt, dass du uns nicht stören sollst. Wir machen ganz wichtige Sachen für die Schule."

Alexa verzieht ihr Gesicht. „Du bist sooo gemein!", ruft sie und fängt sofort an zu weinen. Sie kann auf Kommando heulen und ich wüsste gern, wie dieser **Trick** geht. Dabei hört sie sich an wie mindestens zwei Feuerwehrautos, die hintereinanderfahren.

Jo-Jo fällt natürlich darauf herein. „Nicht weinen! Wir können ein anderes Mal zusammen spielen."

Meine kleine Schwester stellt die Sirene ab und antwortet ganz normal: „Ja? Wann denn? Um Viertel vor dreißig? Barbie oder Lego?"

JETZT SITZT JO-JO IN DER FALLE.
ER WEISS NICHT, DASS KLEINE SCHWESTERN IHR
GESCHREI ALS ERPRESSUNGSMITTEL EINSETZEN.
SEINE GROSSE SCHWESTER NERVT ZWAR AUCH,
ABER SIE WILL ZUMINDEST NICHT MIT IHM
PRINZESSIN SPIELEN.
SO SCHNELL WIRD ALEXA JETZT NICHT
MEHR AUFGEBEN.

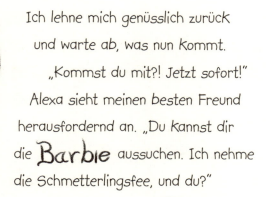

Ich lehne mich genüsslich zurück und warte ab, was nun kommt.
„Kommst du mit?! Jetzt sofort!"
Alexa sieht meinen besten Freund herausfordernd an. „Du kannst dir die Barbie aussuchen. Ich nehme die Schmetterlingsfee, und du?"

Jo-Jos Augen werden kugelrund und er antwortet ganz vorsichtig: „Also heute geht es leider nicht, weil wir hier wirklich wichtige Sachen machen, für große Jungs."

„Du musst aufs Klo? Dann mach schnell und wasch dir die Hände. Yannick Weber wäscht sich nie die Hände. Und du?"

„Ich schon", Jo-Jo ist ganz verwirrt. „Aber ich muss nicht auf die Toilette."

„Dann spielen wir jetzt Barbie. Du bekommst die Shelly und die Ponyfee."

„Fee? Ich ... ich ..." Jo-Jo sieht ziemlich fertig aus. Zum Glück wird er von Granny erlöst, die nun ebenfalls in der Tür erscheint: „Alexa, Mäuschen! Zieh dir mal die Schuhe an und lass die Jungs arbeiten! Wir gehen auf den Spielplatz."

„Ihr seid doof, weil ich nie mitspielen darf", verkündet meine Schwester und stampft aus dem Zimmer, ohne uns weiter eines Blickes zu würdigen.

Ich atme tief durch. „Los, wir laden das Video hoch. Ich bin schon gespannt, wie viele Leute es angucken und auf meine Botschaft reagieren werden."

„Bist du der Messias, oder was? Hoffentlich kapieren die Fans auch, dass sie den ganzen Satz rückwärts lesen müssen!"

98

„Und genau das war die Botschaft, du lächelnde Leuchte!"
Jo-Jo schließt schon das Handy an mein Notebook an.
„Demnächst jagen wir die Clips direkt per Smartphone auf YouTube. Ach ja: Kannst du mich bitte beim nächsten Clip nicht Kameramann Josef nennen?"

„Aber dich sieht doch keiner."
„Na und? Trotzdem will ich einen guten Namen haben. Nächstes Mal arbeitet ein anderer Kameramann mit dir, Josef ist auf Weltreise gegangen."

ES LÄDT!
WIR VERSTUMMEN BEIDE UND STARREN AUF DEN BILDSCHIRM.
DER CHILL-MAL-CHANNEL HAT SEINEN ERSTEN CLIP HOCHGELADEN!
COOL!
ABGEFAHREN!

Wir schauen das Video zehnmal hintereinander an und lachen uns tot.

Zum Glück bin ich wirklich nicht zu erkennen und die Puma-Maske wirkt ziemlich cool. Meine Stimme hat einen gruseligen Unterton und einen merkwürdigen Hall, der zwischendurch immer wieder verschwindet. Auch Alexas Gesang klingt total verfremdet, auch wenn man sie gut verstehen kann.

 GRUNZ

Außerdem ist da irgendwie auch ein eigenartiges Grunzen zu hören, das ich Jo-Jo zuordne. Dieser schwört aber **Stein** und **Bein**, dass er auf keinen Fall gegrunzt hat, und schiebt es auf die App mit der Stimmverzerrung.

Nach einer Stunde haben wir noch immer null Follower und außer uns hat sich niemand den Clip angeguckt.

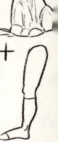

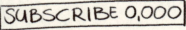

„Das dauert, bis so was anläuft", versuchen wir uns gegenseitig zu trösten. Vor lauter Frust ziehen wir uns einen Actionfilm rein, in dem der Held alle Verbrecher aus dem Weg räumt und am Ende das Mädchen bekommt, das er die ganze Zeit haben wollte.

100

„Wer sich so was immer ausdenkt!", sage ich und bin immer noch niedergeschlagen. „Wie viel die kaputt machen mit so einem Film. Und das Happy End muss auch immer sein. Total unrealistisch! Im wahren Leben schlagen wir uns mit Ungerechtigkeiten herum."

Jo-Jo zieht seine Schuhe an und nickt. „Schon, aber cool war der Film trotzdem. Jetzt noch mal nachgucken?" Er sieht mich fragend an und ich weiß genau, was er meint.

YouTube an und „Chill-Mal-Channel – universelle Universität für ultimative Unterhaltung" aufrufen. Ich kann mich an dem Namen nicht sattsehen.

SUPER.
NULL ABONNENTEN, ZWEI CLICKS.
JO-JOS HANDY UND MEIN PC.

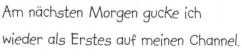

Am nächsten Morgen gucke ich wieder als Erstes auf meinen Channel. Noch immer nichts Neues.

Manno!

Wieso guckt sich das keiner an? Meine Laune ist auf dem absoluten Nullpunkt.

Der Held in dem gestrigen Actionstreifen wusste immer, was in einer Krise zu tun war, und hat die Bösen bis zum Ende verfolgt. Aber ich hab keine Ahnung, was ich jetzt tun soll!

„Wie soll ich Fans bekommen, wenn niemand weiß, dass es den **Chill-Mal-Channel** gibt?", sage ich zu Jo-Jo, sobald ich ihn im Schulgebäude sehe. „Vor allem unsere Klassenkameraden sollten doch den **Chill-Mal-Channel** abonnieren. Bis zur Party bei WILHELM dauert es nicht mehr lange und genau die wollte ich ihnen eigentlich ausreden."

Mein bester Freund nickt. „Ich überlege mir was in Sachen Werbung, okay? Wir sollten heute noch einen Clip nachschieben, in dem du vielleicht etwas testest. Du bist schließlich die Uni."

Ich klatsche ihn ab.

„Geile Idee! Aber was?"

102

„Lass uns darüber nachdenken."
Vor dem Klassenraum stehen ein paar Mädchen und ich sehe sofort, dass auch Kim bei ihnen ist. Sie halten sich alle einen Spiegel vors Gesicht und betrachten sich. Warum die das ständig machen, werde ich nie verstehen. Genauso wie die Selfies, die sie mit mindestens einem ~~Effekt~~ versehen und bei Instagram posten. FILTER

„Collin? Da ist er!" Sie sehen mich und stürmen plötzlich alle auf mich zu.

DAS GAB ES NOCH NIE!!!
HILFE!!!
WAS WOLLEN DIE DENN???
ICH HABE DOCH NICHTS GEMACHT!!!

Ich habe keine Zeit, darüber nachzudenken, denn schon sind die Mädchen um mich herum. „Collin, du findest die Gesichtsmaske gut?", fragt Victoria. „Die ist dir auch nicht peinlich?"

MASKE?
MEINEN DIE MEINE PUMA-MASKE?
WOHER WISSEN DIE DAS?
MACHEN DIE MICH JETZT FERTIG?

Ich bin so schockiert, dass sie von **CMC**s Maske wissen, dass mir der Mund offen bleibt.

Ruhig bleiben, Collin!
Das ist schließlich ganz allein deine Sache!
„Nein, warum auch?"
Ich versuche, lässig zu klingen.
„Ist doch cool. Jeder kann machen, was er will."

„Siehst du." Das ist Kim, aber sie sieht mich gar nicht an, sondern ihre beste Freundin Sibel. „Miss Cherry-Sunglasses hat doch recht gehabt."

WOMIT DENN?
UND WOHER WEISS SCHON WIEDER DIESE
MISS CHERRY, DASS ICH EINE
PUMA-MASKE TRAGE?

HAT DIE ETWA MEINEN CLIP GESEHEN?
WERDE ICH JETZT ZUR LACHNUMMER
DES INTERNETS?

„Wilhelm, komm mal her!", ruft Annika.
„Collin findet Masken cool."

WAS HAT DENN VAMPIR-WILHELM DAMIT ZU TUN?
IST DER ETWA AUCH SCHON INFORMIERT?
MUSS ICH DIE SCHULE WECHSELN?

Ich will mich gerade unter einem Vorwand aus dem Staub machen, da höre ich, wie Kim sagt: „Wilhelm ist dagegen, dabei ist doch nichts dabei."

> **Wilhelm** ist dagegen, dabei ist doch **nichts** dabei.

Wobei?
Dass ich einen YouTube-Channel betreibe?
Wieso darf Wilhelm überhaupt etwas dazu beitragen?

Was weiß er und woher, wenn doch eigentlich noch niemand meinen Channel entdeckt hat?

Ich sehe Jo-Jo an, aber auch der zuckt ratlos mit den Schultern. In diesem Moment ist auch schon Wilhelm bei uns und nur einen Meter hinter ihm folgt sein Untertan Justus. „Was gibt's?"

„Wieso willst du das mit der Maske nicht auf deinem Geburtstag machen? Collin zum Beispiel sagt, er würde es machen, und er ist auch ein Junge."

Ich bin erleichtert.

So langsam dämmert mir, dass die Mädchen nicht meine Puma-Maske und den Chill-Mal-Channel meinen. Das ist schon mal sehr beruhigend. Offenbar geht es wieder um diese Motto-Verkleidungsparty, die auch Sibel meinte, und Graf Dracula scheint etwas dagegen zu haben.

ICH SEHE MEINEN GROSSEN
MOMENT KOMMEN!
WILHELM, DU WEICHEI,
ZIEH DICH WARM AN!
ICH WERDE KIM BEWEISEN, DASS ICH DER VIEL
COOLERE TYP BIN!

„Was ist los? Hast du Angst, dich zu blamieren? Da ist doch nichts dabei", sage ich betont cool zu Wilhelm.

„Als ob du dir auf einer Party eine Maske verpassen lassen würdest, Collin. Du machst dich auch nicht zum Affen, zumindest nicht freiwillig!" Er spricht wie immer ziemlich laut und sofort stellen sich auch die anderen Jungs aus meiner Klasse zu uns. „Ich will eine geile Party und keinen *Kindergeburtstag*!"

Der Graf merkt wohl, dass er viele Zuhörer hat, und fängt an, einen Vortrag über ein optimales Fest zu halten. „Stilvolles Essen für jeden Geschmack, auch

vegetarisch und vegan, angesagte Musik, falls jemand tanzen will, und vielleicht ein paar coole Party-Spiele und nicht irgendwelche Masken. Das passt nicht."

„Mein Gott, nun stell dich doch nicht so an", falle ich ihm ins Wort und habe auf einmal die volle Aufmerksamkeit unserer Klassenkameraden. „Ich weiß ja nicht, was du da veranstaltest, und es ist mir auch egal, aber deine Einstellung ist kindisch. Wenn die Mädchen sich das wünschen, dann kannst du das doch machen. Es hat auch etwas mit Respekt deinen Gästen gegenüber zu tun."

„Genau!" Die ganze Mädchenreihe nickt. „Respekt!"

HA!
SEHT IHR ENDLICH MAL,
WER HIER DER REIFERE IST?
NA???

Collin überreif

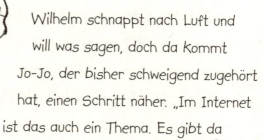

Wilhelm schnappt nach Luft und will was sagen, doch da kommt Jo-Jo, der bisher schweigend zugehört hat, einen Schritt näher. „Im Internet ist das auch ein Thema. Es gibt da diesen neuen, total angesagten Channel von diesem CMC, mit C. Der findet Masken auch abgefahren. Habt ihr den ersten Clip mit ihm gesehen? Voll geil! Und so witzig! Ich verrate jetzt nichts, aber Masken spielen da auch eine Rolle."

MEGA, JETZT HAT ER ABER DIE GELEGENHEIT PERFEKT GENUTZT!
AB SOFORT IST JO-JO AUCH MEIN WERBEFACHMANN!
ICH BEKOMME GÄNSEHAUT!

WERDEN DIE ALLE SOFORT NACH DER SCHULE CMCS CLIP ANSCHAUEN? AUCH KIM? WIE WIRD SIE MICH, ALSO IHN, FINDEN?

„Echt? Siehst du, Wilhelm, wir könnten so viel Spaß auf deinem **GEBURTSTAG** haben!", sagt Sibel vorwurfsvoll. „Hast du Probleme mit deinem Aussehen, oder was?"

Graf Dracula und sein Nachmacher wechseln einen Blick. „Nein, natürlich nicht, aber ich will einfach nicht, klar?"

Na ja, mich freut es, dann sehen die Mädchen wenigstens, dass Wilhelm doch nicht der tolle **HECHT** ist, der er immer vorgibt zu sein.

Ich setze zu einem finalen Spruch an.

„Ey, Willi, du bist irgendwie spießig. Bist du auf deiner Party etwa geschminkt und willst nicht, dass wegen der Maske deine Öko-Schminke abgeht? Also ich würde das sofort machen, aber ich schminke mich halt auch nicht. Natürliche Schönheit, klar?"

EY, WILLI

Alle lachen und WILHELM guckt mich bitterböse an. „Nenn mich nicht Willi, Colli! Und *selbstverständlich* schminke ich mich auch nicht. Außerdem gibst du nur an. Nie im Leben würdest du das machen mit der Maske!"

„Doch! Was ist schon dabei?"

„Dann beweis es! Du kannst auch zu meiner Party kommen, diesen Samstag um achtzehn Uhr, und Johannes meinetwegen auch. Dann werden wir ja sehen, wer nur viel redet."

OKAY.
JETZT SIND WIR PLÖTZLICH KURZFRISTIG
ZU DER PARTY EINGELADEN.
WENN AUCH AUS DEN FALSCHEN GRÜNDEN.
UND WAS NUN???

Mein bester Freund sieht mich fragend an. „So auf den allerletzten Moment? Da können wir gar nicht. WILHELM, du fragst uns viel zu spät."

Ich weiß genau, was Jo-Jo meint und warum er das sagt. Ich kann nicht mit der Puma-Maske zur Party. Dann merken ja alle, wer **CMC** ist! Helmi PLING

Außerdem lädt ~~Wilhelm~~ uns nur ein, damit ich ihm beweise, dass ich mir eine Maske aufsetzen würde, wie albern! Wenn der wüsste, dass ich sogar mit Maske bei YouTube auftrete, dann würde er jetzt keine dicke Lippe riskieren.

Aber Jo-Jo hat recht: Erstens habe ich meinen Stolz und lasse mich nicht aus solchen Gründen einladen und zweitens ...

„Schade!", sagt Kim. „Wir hätten echt viel Spaß gehabt."

„Doch, ich komme!", rufe ich, bevor sich mein Gehirn überhaupt einschalten kann.

On Off

SORRY, JO-JO, ABER VIELLEICHT IST DAS DIE EINZIGE GELEGENHEIT, UM KIM UND DEN ANDEREN ZU BEWEISEN, WIE COOL UND REIF ICH WIRKLICH BIN.

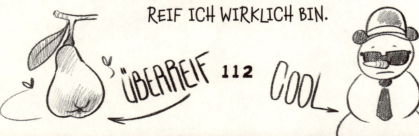

ÜBERREIF   COOL

MANCHMAL MUSS MAN ÜBER SEINEN EIGENEN SCHATTEN SPRINGEN, SAGT PAPA.

„Supi, dann bin ich jetzt schon gespannt", sagt Wilhelm und grinst Justus an. „Obwohl ich wetten könnte, dass du im letzten Moment kneifst."

„Du kneifst", wiederholt Justus prompt. „Ich wette auch."

„Warum sollte ich?" Ich zucke lässig mit den Schultern. „Es freut mich, wenn ich der Höhepunkt auf deiner Party sein kann. Was zahlst du?"

„Wofür?" Graf Wilhelm scheint verwirrt zu sein.

„Für das Entertainment. Jo-Jo ist mein Manager und verhandelt mit dir die Vertragspunkte."

Die Mädchen kichern und mir kommt es so vor, als ob sie zum ersten Mal so etwas wie Interesse an mir zeigen.

„Das wird so cool!", sagt Sibel. „Wir bringen alles mit! Jo-Jo, vielleicht kannst du doch noch kommen?"

„Eigentlich", murmelt mein bester Freund und ich sehe ihm an, dass er mich nicht versteht, „hab' ich da schon einen anderen Termin."

113

Kapitel 7.
Ich bin ein Genie

Herr Demir, unser Physiklehrer, kommt um die Ecke. „Was ist denn das hier für eine Versammlung? Soll ich euch vielleicht noch Plätzchen und Kakao vorbeibringen, damit es richtig gemütlich wird? Schnell, schnell, hinein mit euch!"

Wir nehmen Platz und Jo-Jo schnauzt mich direkt an. „Bist du bescheuert? Du lässt dich doch nicht von Wilhelm vorführen, oder? Der kann uns mal! Wenn die alle erst mal deinen Channel kennen, dann brauchst du **nix** mehr zu beweisen."

„Pst, Mann! Schon klar, aber noch kennt den **CHILL-MAL-CHANNEL** keiner, also muss ich etwas tun. Außerdem will ich gar nicht preisgeben, dass ich **CMC** bin, bis das Ding richtig gut läuft. Du hast gerade super **Werbung** gemacht, aber ich muss trotzdem noch beweisen, dass ich besser drauf bin als Wilhelm.
~~viel besser~~
weltklasse

Ein Verkleidungsspiel mit Masken ist überhaupt nichts Schlimmes, ich weiß gar nicht, warum sich Dracula überhaupt so anstellt."

„Collin Duhm?!"

SHIT!!!

Herr Demir spricht mich an und ich weiß gar nicht, was er von mir will. „Ja?"

„Dein Vorschlag für ein physikalisches Experiment."

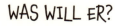

WAS WILL ER?

Ich habe leider überhaupt nicht zugehört. Und dummerweise bin ich auch in Physik nicht unbedingt eine Leuchte. Na ja, so richtig supergut bin ich in keinem Fach.

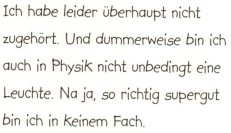

„Für den Tag der offenen Tür", flüstert plötzlich von hinten eine Mädchenstimme.

115

WER IST DAS?

„Sag irgendwas."

„Irgendwas." Als ich es ausspreche, merke ich selbst, dass das die falsche Antwort ist. **Herr Demir** zieht die Augenbrauen hoch und sein Gesicht verspricht nichts Gutes.

Ich räuspere mich. „Spiegel."
Keine Ahnung, warum mir das gerade einfällt, aber vielleicht verbindet mein **GEHIRN** die Mädchenstimme hinter mir direkt mit dem Bild von vorhin.

Unser Physiklehrer guckt verwirrt. „Ein **SPIEGEL**? Und wo soll da das physikalische Experiment sein? Wir wollen beim Tag der offenen Tür doch etwas vorführen."

„Wir könnten einen Spiegel mit ... Effekten versehen, wie beim Handy. Also Morgendämmerung, Abendfunkeln, Farben, irgendwie so was ..."

Ich weiß auch nicht, wie ich jetzt darauf komme, ich schwöre! Mein Gehirn muss offenbar immer irgendetwas mit den Mädchen verbinden.

„Also wenn man sich drin anschaut, dann hat man mithilfe von den Effekten ein anderes Spiegelbild – wie bei den Selfie-Programmen im Handy."

„Wie soll das gehen? Willst du etwa auch Mickymaus-Ohren und Herzchen einbauen?" Wilhelm muss natürlich seinen Senf dazugeben. „So ein Müll!"

Aber Herr Demir sieht begeistert aus! „Nein, Wilhelm. Im Gegenteil. Das ist eine richtig fantastische Idee! Mithilfe von verschiedenen Lichteffekten kann man tatsächlich sein Spiegelbild anders erscheinen lassen! Das machen Fotostudios auch so. Wenn wir bei einem Spiegel verschiedene Leuchten anbringen und etwas Interessantes entwickeln, dann könntest du dich damit sogar bei Jugend forscht' anmelden, Collin! Der Spiegel mit den Handy-Effekten. Ein sehr starker Vorschlag, alle Achtung! Weiter so!"

Wilhelm vergeht das Lachen und meine Klassenkameraden nicken anerkennend. „Cool. Vielleicht gewinnt Collin einen Preis."

117

EINEN PREIS???
WIRD DANN EINES TAGES
DIE SCHULE NACH MIR BENANNT???
DANN GEHEN SPÄTER WILHELMS UND JUSTUS'
KINDER AUF DIE COLLIN-DUHM-SCHULE UND DIE
PAPAS ÄRGERN SICH JEDEN TAG DARÜBER!!!
HA!!!

Meine Laune bessert sich merklich, und als wir nach der sechsten Stunde die Schule verlassen, ziehe ich Jo-Jo am Ärmel. „Wenn ich bald einen Preis gewinne und es Geld ist, dann könnten wir es für Werbung für den **Chill-Mal-Channel** ausgeben."

Mein Kumpel nickt. „**Yeah!** Lass uns aber jetzt schnell den nächsten Clip drehen, bevor die Leute aus unserer Schule auf den Channel gehen. Gestern hat der Typ im Film mit einem Taxi einen Verbrecher verfolgt. Will **CMC** mal testen, ob das auch in echt klappen würde?"

Ich checke sofort, was er meint, und grinse. „Johannes Fischer, ab sofort bist du auch mein Regisseur! Das mache ich! Jetzt sofort?"

Jo-Jo schaut auf die Uhr und holt dann sein Smartphone heraus. „Würde ich sagen. Immer noch keine Abonnenten und keine Clicks. Wenn wir uns beeilen, dann hat CMCs wenigstens zwei Clips, bevor überhaupt irgendjemand draufschaut."

Unser Plan steht und wir suchen den nächsten Taxistand auf. Jo-Jo lässt die Kamera laufen und auf ein verabredetes Zeichen springen wir zusammen ganz schnell in das Taxi, das ganz vorne in der Schlange steht.

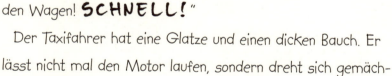

Ich deute auf ein vorbeifahrendes Auto und schreie: „Verfolgen Sie den Wagen! **SCHNELL!**"

Der Taxifahrer hat eine Glatze und einen dicken Bauch. Er lässt nicht mal den Motor laufen, sondern dreht sich gemächlich um. „Guten Tag erst mal, Jungs. Gute Manieren sind wichtig. Wohin soll es gehen? Und habt ihr überhaupt genug Geld dabei?"

Der Wagen, den er hätte verfolgen sollen, ist natürlich längst über alle Berge.

Ich verdrehe die Augen. „Nee, da haben Sie recht. Kein Geld, kein Taxi. Wir steigen lieber wieder aus und nehmen den Bus. Tschüss."

Draußen stellen wir uns an die Ecke und warten ab, bis ein paar Taxis wegfahren, dann starten wir das Experiment noch mal.

„Schnell! Fahren Sie! Verfolgen Sie den Wagen da!", rufe ich, während Jo-Jo und ich auf die Rückbank des Taxis springen.

„Straße?" Der junge Mann am Steuer sieht uns verständnislos an. „Habe Navi. Finde alles."

Toll. 007

James Bond hat noch nie mittels Navi einen Verbrecher gejagt.

Auch für Mission Impossible ist dieser Typ nicht zu gebrauchen.

"Schade", sage ich. "Keine Straße. Nur Actionfilm. Don't call us, we call you."

Jo-Jo grinst und wir verlassen den verwirrten Taxifahrer.

"Das wird ein geiler Test für **CMC**. Da du jetzt die Puma-Maske nicht trägst, habe ich dich nicht im Bild. Aber deine Stimme wird wieder verzerrt. Die Taxifahrer müssen wir verpixeln, aber deine Abonnenten können sehen, wie unrealistisch die meisten Filme sind. Höllische Hollywood-Effekte!"

Jo-Jo ist echt der Beste! Das mit dem **Puma** hatte ich gar nicht auf dem Schirm. Ich nicke und muss lachen. "Das macht echt so viel Bock! Komm, noch ein drittes Mal! Vielleicht fragen wir diesmal eine Taxifahrerin, ob sie das Zeug zur **SUPER-AGENTIN** hat?"

"Hoffentlich", gibt mein bester Freund zurück. "Aber demnächst sollten wir mal die Bereitschaft der Polizei testen."

„Du willst dich doch nicht mit denselben Worten in einen Streifenwagen werfen, oder? Dann verhaften die uns garantiert sofort oder liefern uns in eine Anstalt ein."

Jo-Jo kichert. „Aber das gäbe einen geilen Clip für deinen Channel!"

Es dauert nicht lange, bis das vordere Taxi eine Frau am STEUER hat. Sie ist schon etwas älter und trägt ein buntes Tuch um ihre Haare herum.

Wir sind bereit und stürmen auf die Sitze. „Verfolgen Sie den Wagen vor uns! Aber bitte schnell!", brülle ich.

Die Taxifahrerin lässt die Banane fallen, die sie gerade isst. „Anschnallen!", brüllt sie zurück. „Sofort! Festhalten!"

Dann macht sie den MOTOR an und wir krallen uns am Sitz fest.

ES KLAPPT!
GLEICH BEGINNT DIE VERFOLGUNGSJAGD!
SIE FÄHRT MIT QUIETSCHENDEN REIFEN AN!
GEIL!

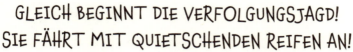

Doch was ist denn das?
Nach gefühlten **10** Metern macht die Frau doch tatsächlich eine Vollbremsung, sodass wir fast ein Halswirbel-Schleudertrauma bekommen!

Dann dreht sie sich lachend zu uns um. „Na, ihr? Auch Krimifans, wa? Find ick jut. Jetzt haben wir alle unseren Spaß jehabt und nun hüpft mal wieder raus. Dat jeht aufs Haus. Ick muss jetzt zum Hauptbahnhof."

Sie lässt uns sprachlos zurück und Jo-Jo deutet auf sein Handy. „Das ist der Beweis: Die deutschen Taxifahrer können kein **HOLLYWOOD**. **CMC** hat es getestet und den Beweis erbracht."

„Geil! Wir nennen es den Movie-Reality-Check. Das läuft doch schon unter Bildung und Kultur, oder?"

„Klar. Filme sind Kultur, und wenn man etwas dabei lernt, dann ist es Bildung."

Wir laufen zu mir nach Hause, wo zum Glück niemand da ist. „Los, setz den Puma auf und erklär kurz, was du getestet hast!", kommandiert mich Jo-Jo, der sich in seiner **Rolle** als Regisseur offenbar immer besser gefällt.

Zehn Minuten später habe ich eine kurze Ansage gemacht, den Movie-Reality-Check angekündigt und meinen zukünftigen **Follower** als Rückwärtsbotschaft „thcamtim sella red, red tsi looc hcilkriw" gegeben. Hoffentlich checkt auch **Kim** irgendwann, was ich meine!

Die Eieruhr klingelt noch nicht und mein Text ist eigentlich zu Ende. Was nun? Zum Glück fällt mir ein, dass jede **NACHRICHTENSENDUNG** am Ende den Wetterbericht bringt, also behaupte ich, dass es morgen entweder sonnig sein oder regnen wird. Eins davon wird schon stimmen und ich bin auf der sicheren

124

Seite. Dann kommt das erlösende Klingeln und ich winke zum Abschied wie Prinz Harry, den ich mal in London live gesehen habe, und hoffe, dass das bei mir genauso cool wie bei ihm aussieht.

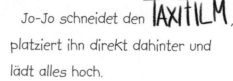

Jo-Jo schneidet den **TAXIFILM**, platziert ihn direkt dahinter und lädt alles hoch.

COOL!
CMCs UNIVERSITÄT HAT
ZWEI CLIPS ONLINE!
UND NULL FOLLOWER.
DAS IST WENIGER COOL.

„Wieso guckt das keiner aus der Klasse? Du hast doch extra **CMC** mit C gesagt", rege ich mich auf, verstaue die Puma-Maske im Schrank und werfe mich auf mein nicht gemachtes BETT.

„Wenn *uns* das einer erzählt hätte, dann wären wir längst online. Sind wir denn echt *so* unbeliebt, dass niemand auf uns hört?"

„Quatsch. Es ist erst früher Nachmittag, vielleicht machen die alle noch Hausaufgaben oder Sport oder beides. Abends sieht die Sache bestimmt anders aus."

Jo-Jo legt sein Handy auf meinen Schreibtisch, kniet sich auf den Boden, macht eine Rolle vorwärts und fängt dann mit Liegestützen an. Ich weiß, dass er mich zu trösten versucht, aber nicht mal selbst überzeugt ist.

„Wir müssen dem Experiment Zeit geben. Lass uns über andere Dinge quatschen und nicht ständig bei YouTube reinschauen. Was ist nun mit **DER** popeligen Party beim dämlichen Dracula?" Laut schnaubend lässt er sich auf mein Kopfkissen fallen und verschränkt die Beine im Schneidersitz. Ich zucke mit den Schultern. „Ich gehe hin."

$1, 1\frac{1}{2}, \ldots$

„Aber was wollen die da eigentlich mit den Masken machen? Das habe ich noch nicht richtig gecheckt."

„Keine Ahnung. Ich schätze mal, die bringen ein paar Verkleidungssachen mit, wie zu einer **Motto-Party**. Ich hab ja jetzt Übung drin, auch wenn ich natürlich nicht den Puma-Kopf mitnehme. Ich gehe davon aus, dass sich die Girls um alles kümmern."

Jo-Jo kratzt sich am Kopf. „Warum sind die so versessen darauf, sich zu verkleiden? Das check ich nicht. Wenn das so in ist, dann müssten die alle auf **Chill-Mal-Channel** fliegen – der hat die coolste Maske überhaupt."

JA, WENN SIE ENDLICH MAL AUF DIESEN COOLEN YOUTUBE-CHANNEL KLICKEN WÜRDEN!

Ich deute auf meinen ausgeschalteten Bildschirm. „Das mit dem Masken-Motto auf Partys hat ihnen laut Sibel diese

Miss Cherry eingeredet. Ich sage ja die ganze Zeit, dass eine gute YouTuberin die Mädchen beeinflussen kann."

„Dann hättest du dich vielleicht als Frau verkleiden und ihnen zuerst etwas von Lippenstiften und Nagellack erzählen sollen. Sollen wir das noch ändern? Bisher hat niemand den Chill-Mal-Channel angeschaut, **CMC** kann noch in Frau Professorin umoperiert werden."

ICH SCHÜTTLE MICH.
LIPPENSTIFTE UND NAGELLACK?
IGITT!
NO WAY!

„Bist du blöd? Ich werde doch nicht zum Mädchen vor der Kamera – aus dieser Nummer komme ich nie wieder raus! Ich bleibe bei meinem PLAN! Erstens bekannt werden als universelle Universität für ultimative Unterhaltung, geführt vom geheimnisvollen **CMC**, zweitens gute Clips machen und drittens den Leuten Tipps geben."

128

Mein bester Freund greift nach seinem Handy. „Wir könnten Miss Wie-war-das-noch-mit-der-Cherry mal um Hilfe für den **CHILL-MAL-CHANNEL** bitten."

„Was?! Wie denn?"

„Ich schreib ihr jetzt eine Mail, dass sie dich empfehlen soll. Dein Channel ist cool und sie soll auch was für die Bildung der Jugendlichen tun."

Oma

Ich winke ab. „~~Granny~~ hat gesagt, dass die angesagten Leute ihre Post wahrscheinlich gar nicht lesen oder dass es sie nicht interessiert, wenn sich jemand an sie wendet. Das bringt doch nichts. Sag mir lieber, was ich zu der Party anziehen soll. Und soll ich mir davor ein paar blonde Strähnen machen lassen oder nicht?"

Jo-Jo zeigt nach draußen. „Mit Farbe vom Friseur könnte es bei deinem Braun vielleicht künstlich aussehen, aber meine Schwester sagt, Sonne macht die Haare auch heller. Sie setzt

129

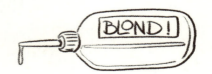

sich immer mit nassen Haaren auf den Balkon und lässt sie in der Sonne trocknen."

AHA.
DAS SPART AUCH
DIE FRISEURKOSTEN.
GUTER GEDANKE.
WENN ES FUNKTIONIERT,
KÖNNTE MAN ES ALS TIPP
IN DER CHILL-MAL-CHANNEL-
UNI BRINGEN.

„Dann mach ich das die nächsten Tage auch, solange das Wetter gut ist, ne?"

„Aber nicht zu lange, sonst siehst du bald aus wie Wilhelm!"

„Bloß nicht! Sagen wir, zwei Tage Sonne reichen. Und was ziehe ich auf dem Fest an?"

Mein bester Freund sieht mich verständnislos an. „Ist doch egal, Hose, T-Shirt, wie immer."

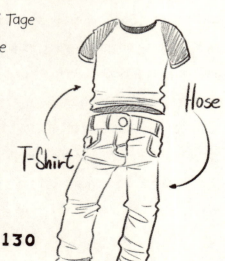

„Kannst du nicht deine große Schwester fragen, auf was die so steht? Also nicht sie selbst, die ist ja uralt, die jüngeren Mädchen meine ich."

„Stimmt. Kannst du dir vorstellen, dass sie bald Auto fahren darf? Das ist echt alt."

„Trotzdem scheint sie zu wissen, was Mädchen mögen, und ich will gut vorbereitet zu der Party hingehen."

„Vorbereitet? Worauf denn? Auf den Vampir-Angriff?"

Ich grinse. „Nee, das nicht. Aber die Mädchen sollen nicht nur Graf Wilhelm **ANHIMMELN**, sondern auch uns. Wenn sie endlich mit **CMC**s Hilfe auf uns aufmerksam gemacht werden, dann müssen wir schon cool sein."

„Was heißt hier uns? Fang du an, und wenn die Methode wirkt, dann ziehe ich nach", grinst mein bester Freund. „Wenn du wie der weltmännische Wilhelm rumlaufen willst, dann zieh ein Hemd an und binde dir einen schicken Seidenschal um den Hals."

Nicht kalt

„Es ist doch gar nicht kalt. Und ich hab nur einen Fußballschal vom DFB. Frag deine Schwester, ob der auch geht. Ein Polohemd hat mir Mama letztens gekauft, als Granny Geburtstag hatte, aber das habe ich bisher nicht angezogen."

Ich öffne meinen Kleiderschrank und wühle mich durch das **CHAOS**. Irgendwie schaffe ich es nicht, meine T-Shirts, Pullover und Hosen voneinander getrennt einzuräumen. Jedes Mal wenn Granny den Wäschekorb in mein Zimmer stellt, nehme ich den ganzen Stapel und stopfe ihn auf irgendein Regalbrett im Schrank.

„Zeig mal das hässliche Hemd."

Ich ziehe ein verknittertes dunkelblaues **Poloshirt** heraus und halte es hoch. „Neben Wilhelm nicht zu affig, oder? Ach, komm doch mit, zu zweit macht es viel mehr Spaß! Außerdem sehen wir dann endlich das Gruselschloss von innen! Bitte, lass uns gemeinsam die von Rosenbergs ausspionieren! Ihre Särge lagern bestimmt im Keller. Was meinst du, wie spaßig das wird!"

Jo-Jo legt die Stirn in Falten. „Junge, Wilhelm hat uns nicht richtig eingeladen, mich schon gar nicht. Ich hab da meinen Stolz."

„Wen juckt es, warum wir eingeladen wurden! Hauptsache, verrückte Feier in wunderbarer Villa!"

Mein Kumpel schüttelt den Kopf. „Andere Anfangsbuchstaben. Das mit den angeblichen Alliterationen üben wir noch, du peinlicher Poet!"

„Bist du jetzt Fack ju Göhte, oder was?" Ich springe auf und laufe hin und her. „Fakt ist, dass wir endlich die Mädchen aus der Klasse beeindrucken könnten. Und falls der Chill-Mal-Channel niemals bekannt wird, bleibt das vielleicht die einzige Gelegenheit, beliebter zu werden!"

Langsam kriege ich Jo-Jo rum, das spüre ich. „Aber dann müssten wir ein Geschenk mitbringen. Ich will unserem Gegner aber nichts schenken müssen und

133

schon gar keine Kohle für ihn ausgeben", sagt Jo-Jo und bringt damit noch ein weiteres Argument. „Mit Knoblauch kannst du da schlecht auflaufen, das hast du ja schon mal versucht."

DAS STIMMT ALLERDINGS. DARAN HABE ICH NOCH GAR NICHT GEDACHT. WAS SCHENKT MAN EINEM, DEN MAN NICHT LEIDEN KANN?

UND JO-JO?

„Hör zu", sage ich. „Ich lasse mir etwas einfallen, das wir beide schenken können und das dich nichts kostet. Dafür kommst du mit ins schreckliche SCHLOSS. Du brauchst nicht mal bei dem Maskenspiel mitzumachen. Sibel hat doch extra gefragt, ob du auch kommen kannst."

Aus irgendeinem Grund läuft Jo-Jo rot an. „Na und? Wir haben einen Mädchenüberschuss in der ganzen Stufe und da ist doch klar, dass jeder Junge zählt."

„Ach, bitte! Tu es für mich als deinen liebsten und besten Freund aller Zeiten!"

Er zuckt mit den Schultern. „Jetzt übertreib mal nicht, Kollege. Aber okay, ich komme mit. Und jetzt muss ich nach Hause. Meine Mutter hat mir schon fünf **WhatsApp**-Nachrichten und zwei Audios geschickt und gefragt, wo ich denn bleibe. Die nervt echt!"

JUHU!
JETZT KANN DER SPASS RICHTIG BEGINNEN!
UND AUCH, WENN ES KEINE RICHTIGE UND EHRLICH GEMEINTE EINLADUNG WAR, SIND WIR NUN DOCH BEI DER PARTY DABEI!
ICH FANGE AN, MICH AUF DEN SAMSTAG ZU FREUEN.

Kapitel 8.
Der Party-Countdown läuft

Nach dem Fußballtraining beschließe ich, mir die Haare noch mal zu waschen und den Sonnen-Trocknen-Effekt auszuprobieren. Irgendwann dürfte Oma nach Hause kommen und mir etwas zu essen machen. Der Liegestuhl auf der Terrasse steht perfekt und ich richte mir ein sonniges Plätzchen ein. Jetzt nur noch die Augen schließen und die nassen Haare der Sonne zuwenden ... **OMG**

„Collin? Collin! Oh my god! Du bist ja krebsrot im Gesicht! Hast du etwa hier draußen in der Sonne einen Power-Nap gemacht?"

Ich blinzele und merke, dass sich mein Kopf ganz heiß anfühlt.

**WO BIN ICH?
ACH JA, IM GARTEN.**

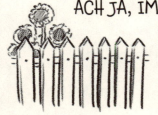

WAS TUE ICH HIER?
ACH JA, MEINE HAARE BLONDIEREN.
WAR DAS ZU LANG?
WIE SEHE ICH AUS?
HOFFENTLICH NICHT SO BLOND WIE
VAMPIR-WILHELM?

„Wie sehe ich aus?", frage ich ängstlich. „Schon zu hell?

„Collin?" Meine Mutter beugt sich über mich und legt mir eine Hand auf die Stirn. „AUA! Es brennt!", rufe ich. „Wie findest du mein Haar? Sieht das gut aus?"

„Du hast einen Sonnenbrand! Sag mal, hast du dich nicht eingecremt? Du weißt doch, wie gefährlich das ist! Schon mal was von HAUTKREBS gehört? Das war sehr unvernünftig von dir!"

„Sind meine Haare jetzt blond?" Ich springe aus dem Liegestuhl und schwanke ein wenig.

SCHWANK

„Collin, hast du einen Sonnenstich? Du redest so komisch. Ich untersuche dich jetzt sofort. Hast du Kopfschmerzen? Ist dir schwindelig und übel? Ich hole schnell meine Medizintasche."

ICH SAGE DOCH, EINE ÄRZTIN ALS MUTTER IST SCHON EINE ZIEMLICHE STRAFE! DIE HAT SOGAR SPRITZEN IN IHRER ARZTTASCHE! HILFE!

„Nein, nein und nein. Du brauchst mich nicht zu untersuchen, Mama", beeile ich mich zu sagen. „Alles supi. Aber wie sehen meine Haare aus?"

„Deine Haare? Crazy. Zerzaust. Ich verstehe die Frage nicht. Du solltest dich vielleicht mal kämmen ..."

Ich renne ins Bad und stelle mich vor den Spiegel.

Mist!

Wem gehört denn dieses Tomatengesicht?

Ich habe knallrote Wangen und eine Clownsnase. Und auf meiner Stirn ist ein schiefer roter Streifen zu sehen.

Und alles brennt wie verrückt! Ich hab echt einen **Sonnenbrand**!

Blöderweise hat mein Haar dagegen nicht eine blonde Strähne, egal wie ich es drehe und wende. Es war also alles umsonst. Wie es scheint, hat Jo-Jos große Schwester doch nicht den Schönheitsdurchblick, daher beschließe ich, ab sofort nicht mehr auf sie zu hören.

Mama ist mir ins Badezimmer gefolgt und hat eine Salbe in der Hand. „Hier, gegen den Sonnenbrand. Dich kann man wirklich nicht allein lassen", schimpft sie und verteilt die Creme auf meinem Gesicht. Es brennt noch mehr. „Grandma sagt, dass du vorhast, irgendwelche Wissensvideos für die Schule bei YouTube reinzustellen, aber

 so, dass man dich nicht sieht und ohne deinen Namen zu nennen? Treib aber keinen Unsinn, hörst du? Sie hat ein Auge darauf."

Ich winke ab. „Klar, ich bin ganz seriös und arbeite rein wissenschaftlich, mach dir keine Gedanken. Vielleicht wird sowieso nichts daraus." Dann wechsle ich schnell das Thema, damit es noch harmloser wirkt. „Stell dir vor, unser Physiklehrer will mich vielleicht zu **Jugend forscht** schicken."

„Ehrlich? Erzähl!" Wie vorausgesehen, steigt Mama sofort darauf ein und ich berichte von meiner Idee des **Spiegels** mit Effekten.

„Ich bin so stolz auf dich, Collin! Meistens bringst du zwar nicht gerade Traumnoten nach Hause, aber das liegt daran, dass du ziemlich faul bist. Intelligent warst du schon immer. Du hast Papas und meine Gene, also wundert es mich nicht, dass du in Naturwissenschaften super bist. Vielleicht wirst du auch einmal Medizin studieren.
Next generation."

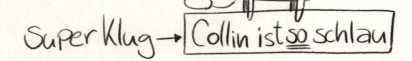

ICH?
HILFE, BLOSS NICHT!
EHRLICH GESAGT, KANN ICH NOCH NICHT MAL
BLUT SEHEN.
ABER IMMERHIN HABE ICH SCHON EINE
ONLINE-UNIVERSITÄT GEGRÜNDET, ALSO HAT
SIE SCHON RECHT MIT DER INTELLIGENZ.

COLLIN SUPERHIRN

„Wenn du **Hilfe** bei etwas brauchst, dann sag Bescheid. Unsere Jobs sind stressig, aber wir sind immer für euch **Kinder** da, vergiss es nicht", redet **Mama** weiter. „Auch für deine Wissensvideos. Wenn du eine Expertenmeinung brauchst …"

„Ja, danke", unterbreche ich sie und wir gehen in die Küche, wo Mama mir eine Apfelschorle reicht. „Trink. Das kühlt von innen. Und mach das mit der Sonne nie wieder, hörst du? Wolltest du braun werden, oder was? Du legst dich doch nie in die Sonne."

"Ich wollte, dass meine Haare blonde Strähnen bekommen", erkläre ich. "Das ist derzeit so ein Trend."

Meine Mutter sieht mich leicht belustigt an. "Nicht dein Ernst, oder?"

"Ja, ja. Verspotte mich ruhig. Anstatt dich zu freuen, dass dein Sohn eine Typveränderung machen will."

"Eine Typveränderung?" Jetzt fängt sie an zu kichern. "Warum? Was genau ist an deinem Typ nicht mehr in Ordnung, Collin-Darling?"

WAR KLAR, DASS MÜTTER SO ETWAS NICHT VERSTEHEN. DIE WOLLEN ALLE, DASS WIR IMMER IHRE KLEINEN LIEBLINGE BLEIBEN. ABER DAS KANN DIE SWEETY ALEXA JA ÜBERNEHMEN. ICH BIN NICHT MEHR DER KLEINE COLLIN-SCHATZDARLING. DAMIT MUSS SIE SICH ABFINDEN.

Mama

„Mama, du musst es verkraften, dass ich jetzt älter werde, eigene Wege gehe, mich verändere, andere Pläne habe, heirate und Kinder kriege ..."

„Du willst heiraten und Kinder kriegen?" Meine Mutter sieht mich entsetzt an. „Wann denn? Du hast vielleicht doch einen Sonnenstich."

Okay, ich habe ein wenig übertrieben. „Chill mal! Das mit dem Heiraten und Kinderkriegen kommt noch nicht dran."

Jetzt fängt sie doch an zu lachen. „Das beruhigt mich. Was willst du mir eigentlich sagen, mein Sohn? Dass du zum Friseur gehen und dir die Haare färben willst? Ich rate dir dringend davon ab, das sieht in deinem Alter nicht besonders schön aus. Warte noch ein Weilchen. Deine Haarfarbe ist wirklich in Ordnung."

Ja, schon gut. Die Profifußballer sind ja auch viel älter als ich. Trotzdem könnte ich meine Kleidung etwas aufpeppen. „Hat Papa einen Schal, den er mir für Samstag leihen könnte?"

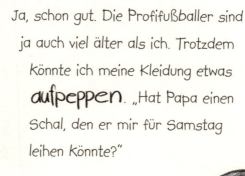

„Einen Schal? Wofür denn? Es ist doch Sommer!"

„Ich bin am Samstag kurzfristig zu der Geburtstagsparty von Wilhelm von Rosenberg eingeladen und dachte, ich könnte mich etwas schicker anziehen, mit einem Poloshirt und vielleicht einem Seidenschal."

„Einem Seidenschal? Aha ... Hm ... Dann geh mal zum Kleiderschrank und schau nach, ob du was findest und ob es dir steht."

Das lasse ich mir nicht **zweimal** sagen. In Papas Schrank herrscht eine sehr penible Ordnung. Alles hängt fein säuberlich auf Bügeln, Anzüge, Hemden, Hosen, Krawatten ... Diese Ordnungsgene habe ich eindeutig nicht geerbt.

Mein Blick fällt auf einen coolen hellgrauen Anzug. Wie ich wohl darin aussehen würde? Erwachsener? Reifer? Ich beschließe, ihn auf der Stelle anzuprobieren. Mal sehen, ob er mich fünf Jahre älter macht ...

OKAY, DIE ÄRMEL SIND ZU LANG.
DIE HOSENBEINE AUCH.
IN DER TAILLE MUSS ICH DIE HOSE
ZUSAMMENHALTEN.
DAS JACKETT SIEHT AUS, ALS OB DA
NOCH EINER REINPASSEN WÜRDE.
ABER SONST?
TOP!
ICH BIN PLÖTZLICH EIN GANZ ANDERER TYP.
EIN BOSS.
KRASS.
JETZT NOCH EINEN SCHAL LÄSSIG UM
DEN HALS GEWICKELT.
TOP.
DER LÄSSIG-JUNGE LEITER EINER UNIVERSITÄT.

Hätte ich doch nur zwei Töchter.

„Collin? Hast du was gefu... Oh my god, wie siehst du denn aus?" Mama ist mir gefolgt und beißt sich jetzt auf die Lippen.

„Cool, oder? **So was** steht mir, das hätte ich nie gedacht!" Meine Mutter sagt erst mal nichts, doch dann bebt ihre Stimme leicht. Muss sie etwa ein Lachen unterdrücken? „Ja, Kleider machen Leute. Aber in der richtigen Größe. Weißt du, du solltest vielleicht einfach dein Polohemd anziehen. Auf einen Anzug und einen Schal würde ich verzichten. Nachher wird es dir noch zu warm darin."

SPIESSER OUTFIT No 1!

Damit könnte sie recht haben. „Okay. Poloshirt und die helle Chino-Hose, die du neulich für mich gekauft hast."

„Und die du nie anziehen wolltest, wie du verkündet hattest?"

OKAY, JA.
MAN KANN DOCH WOHL SEINE MEINUNG ÄNDERN.

146

DER PARTY-COUNTDOWN LÄUFT, ALSO MUSS ICH ETWAS TUN.

Ich seufze, während ich Papas Klamotten wieder ausziehe. Dann fällt mir noch etwas ein: „Hast du irgendein Werbegeschenk aus der Klinik, das ich Graf Dra..., äh, Wilhelm mitbringen könnte? Einen Aspirin-Tischkalender oder eine leere **Pillendose**? Die kann man immer gebrauchen."

Meine Mutter, die den Anzug zurück in den Schrank hängt, fixiert mich. „Eine Pillendose? Du willst eine leere Tablettendose als Geburtstagsgeschenk mitnehmen?"

„Und einen Werbe-Kalender. Dann hätte ich zwei Geschenke, weil Jo-Jo auch eins braucht."

Sie kommt einen Schritt näher und zeigt mir einen Vogel. „**Spinnst du?** Wilhelm von Rosenberg ist dein Klassenkamerad und seine Familie gehört zu Papas Patienten, und du willst ihm einen Werbe-Kalender und eine Tablettendose schenken? Bist du noch ganz bei Trost?"

147

DIE SIND PAPAS PATIENTEN???!!!
DANN WEISS MEIN PAPA VIEL MEHR ÜBER IHN!
WENN ICH ARZT WERDE UND SEINE PRAXIS ÜBERNEHME, DANN HABE ICH VOLLE AKTENEINSICHT, ODER?!
VIELLEICHT SOLLTE ICH DOCH MEDIZIN STUDIEREN?

Aber das dauert viel zu lange. Ich will **JETZT** alles über Wilhelm wissen. „Was für Krankheiten haben die denn so? Sind sie ansteckend? Haben die überhaupt Blut in ihren Adern? Sind sie irgendwie auffällig?"

„Collin, was soll der Quatsch!"

Meine Mutter sieht mich ganz streng an. „Als Mediziner-$ohn weißt du, dass wir eine ärztliche Schweigepflicht haben, die auch du respektieren musst. Ist doch nett, dass Wilhelm dich zu seiner Party eingeladen hat, also rede nicht schlecht über ihn."

148 WIR MÖGEN HELMI

„Von wegen! Wir können uns überhaupt nicht leiden, deshalb kriegt er auch nichts Gescheites", erkläre ich. „Außerdem hat er mich im letzten Moment eingeladen und auch nur, damit ich mit den Mädchen zusammen ein paar Karnevalsmasken ausprobiere. Er denkt, er kann mich dann zusammen mit seinem Bediensteten Justus auslachen, aber da hat er sich geschnitten!"

„Was? Bringst du da nicht etwas durcheinander? Ihr verkleidet euch da? Die haben einen Bediensteten, der dich auslacht? Das glaube ich nicht. Überleg dir bitte ein vernünftiges GESCHENK, so wie es sich gehört. Etwas, das man für Geld bekommt und das nützlich ist – und keine Werbegeschenke aus der Klinik, das ist mehr als peinlich!"

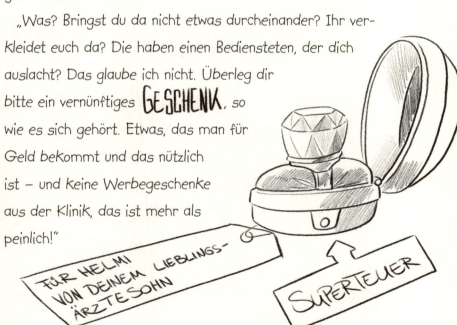

Kapitel 9.
Das perfekte Geschenk

Der Samstag ist schneller da als erwartet. Den **Chill-Mal-Channel** hat noch immer kein Mensch angeschaut, aber damit werde ich mich heute nicht belasten. Oma hat einen Anruf von der Zeitung bekommen, die nächste Woche einen Artikel über sie und ihre kreativen **REZEPTE** schreiben will. Dadurch hat sie erst einmal aufgehört, mich ständig zu fragen, wann sie denn endlich bei mir „auf Sendung" gehen könne.

„It's Partytime", sage ich zu Jo-Jo, als mich dieser um sechs Uhr abholt. Er trägt eine Jeans und ein T-Shirt und sieht aus wie immer.

Ich dagegen finde mich todschick. Mama hat mein Polohemd und meine Chino-Hose gebügelt und Papa hat mir sein Rasierwasser

150

geborgt, obwohl ich mich noch gar nicht rasieren muss. „Es duftet aber ganz schön und du willst doch heute gestylt sein", hat er gesagt und mir zugezwinkert, während er ein paar Tropfen auf meinen Hals gesprüht hat.

„Du stinkst ja wie eine ganze Douglas-Filiale", beschwert sich mein bester Freund. „Und wie viel Wachs hast du in den Haaren? Die stehen wie die Chinesische Mauer."

Jede Menge. Ich habe eine halbe Stunde mit meinen Haaren vor dem **SPIEGEL** verbracht und finde mich jetzt extrem gut aussehend.

„Let's go! Lass uns ganz langsam fahren, damit wir etwas später ankommen. Besondere **VIP**-Gäste kommen immer zu spät und haben einen großen Auftritt."

Wir steigen auf unsere Fahrräder und fahren etwa zehn Minuten durch die Stadt, bis wir an den Stadtrand kommen, wo die richtig schicken Häuser stehen. Ganz am Ende einer kleinen Straße ist sie schon zu sehen: die Villa der von Rosenbergs.

Es ist ein weißes Haus mit einem schwarzen Dach und großen weißen Sprossenfenstern, das inmitten eines parkähnlichen Grundstücks steht. Wir steigen ab und führen unsere **RÄDER** über einen Kiesweg bis zur Einfahrt vor der Tür, wo schon andere Fahrräder stehen.

„Es ist echt ein Riesenpalast!", murmelt Jo-Jo. „Aber er sieht nicht wie ein gruseliges Gespensterschloss aus. Wenn die in Särgen schlafen, dann im Keller. Hast du eigentlich unser Geschenk dabei?"

„Jap. Sogar in einer Geschenktüte, die ich in unserer Abstellkammer gefunden habe."

„Wie viel **KOHLE** muss ich dir geben und was hast du besorgt?"

**ICH HABE MICH EXAKT AN MAMAS WORTE GEHALTEN.
NÜTZLICH.
OHNE WERBUNG.
ETWAS, DAS MAN FÜR GELD BEKOMMT.**

„Einen Euro und 55 Cent, also nicht die Welt", antworte ich. „Wir haben das perfekte Geschenk und es war sehr günstig. Genau passend für die kurzfristige Einladung. Zwei Rollen mit je 20 Kotbeuteln für **HUNDE**."

Mein bester Freund sieht mich an und fängt an zu lachen. „Auf keinsten! Echt? Ha, ha, ha! Sauber! Ich kann nicht mehr! Haben die überhaupt Hunde?"

Ich zucke mit den Schultern. „Ist mir doch egal. Viele Leute haben welche. Wenn Wilhelm sie nicht gebrauchen kann, dann soll er die **KACKTÜTEN** meinetwegen weiterverschenken."

Jo-Jo wäre nicht mein Kumpel, wenn er nicht genauso ticken würde wie ich. „Stimmt auch wieder! Diese ganze Einladung ist ein Riesenfake, also kann es uns egal sein. Immerhin haben wir ein Geschenk."

„Eben!" Wir klatschen uns ab und steigen fünf Stufen hinauf bis zu einer breiten weißen Eingangstür, die soeben aufgerissen wird.

„Ihr seid gekommen." GRAF Wilhelm steht da und ist ganz in Weiß gekleidet, mit weißem Hemd und einer weißen Jeans, die unten leicht hochgekrempelt ist. Dazu trägt er weiße

Sneaker. Heute sieht er noch blasser aus als sonst. Er hört sich an, als ob er es selbst nicht glauben könnte. „Also willst du dich vor den Mädchen zum Affen machen, Collin." Es ist mehr eine Feststellung als Frage. „Das wird FUNNY."

„Sie sind da." Da steht auch Justus, wer sonst? Der hat auch ein weißes Hemd an, aber es scheint etwas zu groß zu sein und seine Hose ist eine ganz normale blaue Jeans. „Es wird funny."

„Happy happy", sage ich und überreiche Wilhelm die Geschenktüte. „Von Johannes und mir." Auf seine Bemerkung gehe ich gar nicht erst ein.

„Birthday", fügt Jo-Jo noch hinzu.
„Danke. Mir nach."

Wilhelm führt uns durch eine Eingangshalle, die ganz in weißem Marmor gehalten ist, dann eine weiße Treppe hinunter. „Weiß scheint ja eure Farbe zu sein", sage ich. „Du erinnerst mich an meine Mutter, bevor sie in den **OP** geht, Willi."

„Nenn mich nicht so, dann lästere ich auch nicht mehr über deinen Nachnamen, Deal?"

„Deal", brumme ich, während wir einen langen Gang entlanglaufen.

„Wir sind im unheimlichen Keller!", zische ich meinem Kumpel zu. „Halte Ausschau nach der Gruft mit den Särgen! Und hüte dich, mit einem von denen allein zu sein."

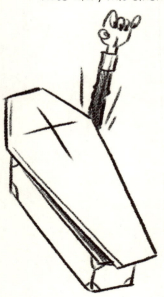

Aber anstatt mir beizupflichten, wird Jo-Jo soeben zum Fan der von Rosenbergs. „Boah, das Haus ist schon ziemlich cool! Die haben wohl richtig viel Kohle."

„Lass dich davon nicht einwickeln! Das macht den Angeber doch nicht sympathischer."

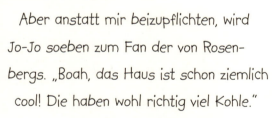

Hinter einer Glastür ist ein Indoor-Pool zu sehen mit Liegen am Beckenrand und hinter einer weiteren Tür hört man Musik. „Habt ihr eure Badehosen dabei?", fragt Justus. „Wir wollen gleich alle schwimmen gehen."

„Das hat uns niemand gesagt", antworte ich und Wilhelm grinst leicht. „Echt nicht? Oh, das habe ich wohl vergessen, weil es so kurzfristig war. Das tut mir aber leid!"

DAS HAT ER EXTRA NICHT GESAGT, DAS WIRD MIR SOFORT KLAR! ER WILL EBEN NICHT, DASS WIR UNS HIER AMÜSIEREN, WEIL ER UNS EIGENTLICH GAR NICHT DABEIHABEN WILL!

Jo-Jo bemerkt das fiese Grinsen aber nicht und verzieht das Gesicht. „Echt schade! Das hätten wir wissen müssen! Scheiße! Ich will auch schwimmen!"

Wir betreten einen großen Raum, der wieder ganz in Weiß gehalten, aber mit bunten Partylichtern beleuchtet ist. Darin steht ein langer Glastisch mit Stühlen, sowie eine Bar mit Hockern. Aus den Boxen dröhnt gerade ein Song auf Französisch, den kein Mensch kennt, und an der Seite ist ein Büfett aufgebaut, mit Salaten, kleinen Häppchen, Baguette und jeder Menge hübsch verzierter Süßigkeiten.

„Alle anderen sind schon da, ihr seid ja zu spät gekommen", meint Wilhelm und zeigt auf unsere Klassenkameraden, die mit einem Getränk in der Hand schon Platz genommen haben. Da wir nur sieben Jungen in der Klasse sind, scheinen wir hier vollzählig zu sein, während die **MÄDCHEN** wie in der Schule auch in der absoluten Überzahl sind.

„Das Beste kommt eben zum Schluss", antworte ich. „Hi."

„Hi!", rufen die Girls im Chor. „Der *Beauty-king* ist da! Endlich!"

SO IST ES.
ENDLICH ERKENNEN SIE ES.
ICH BIN DER BEAUTY-KING.
SO BIN ICH NOCH NIE GEFEIERT WORDEN!
WARUM HAT ES NUR SO LANGE GEDAUERT,
BIS DIE DAS GESCHNALLT HABEN?

Wilhelm stellt unsere Tüte achtlos auf dem Geschenketisch ab, wo noch mehr Päckchen und Umschläge herumliegen. „Die packe ich später aus. Wie sieht es aus, Party-People, sollen wir jetzt in den Pool jumpen?", fragt er in die Runde. „Collin und Johannes, ihr könnt ja so lange zuschauen, das macht euch doch nichts aus, oder?"

„Ja!", rufen die Jungs. „Ab ins WASSER!"

„Nein!" Das sind die Girls. „Erst machen wir die Maske! Wir haben nur auf Collin gewartet!"

Wilhelm verzieht das Gesicht, aber ich fühle mich geschmeichelt und werfe Kim einen Blick zu. Sie sieht mal wieder sehr hübsch aus mit ihrem roten Top und dem knielangen schwarzen Rock.

158

Sibel sieht Jo-Jo fragend an. „Bist du auch dabei? Die anderen Jungs sind Spielverderber und wollen nicht. Wir haben Quark, Honig und grüne Gurken dabei. Alles bio natürlich, wie Miss Cherry-Sunglasses es empfohlen hatte."

QUARK, HONIG UND GURKEN?
UND WAS WOLLEN DIE DAMIT?
JEMAND MÜSSTE ENDLICH DAS WÖRTERBUCH
MÄDCHEN-DEUTSCH/DEUTSCH-MÄDCHEN
SCHREIBEN!
ICH KAPIERE MAL WIEDER GAR NICHTS!

„Und wo sind die Masken?", frage ich, während Wilhelm ganz fies grinst und mich genau fixiert. „Das werde ich alles filmen", sagt er.

„Nein, Privatsphäre!", rufen die Mädchen und Kim deutet auf einen großen Korb, der unter dem Tisch steht.

„Die Beauty-Maske rühren wir selbst an und dann tragen wir sie uns gegenseitig auf. Echt super, dass du das auch ausprobieren willst, Collin. Du bist auch irgendwie so rot im Gesicht ... ist das von der Sonne? Die Maske soll nämlich auch gut gegen Sonnenbrand sein. Quark kühlt."

WIE, QUARK KÜHLT?
WAS HAT DAS MIT MEINEM GESICHT ZU TUN?
MOMENT MAL ...
NEIN!
DIE BEAUTY-MASKE!
ENDLICH FÄLLT BEI MIR DER GROSCHEN!
DAS DARF DOCH NICHT WAHR SEIN!
DIE MASKE IST NICHT DIE MASKE, DIE ICH MEINE!
DIE WOLLEN MIR QUARK MIT HONIG INS GESICHT SCHMIEREN UND GURKENSCHEIBEN DARAUF VERTEILEN???!!!

ES GEHT GAR NICHT UMS
VERKLEIDEN!!!
HILFE!!!
JO-JO!!!
UND JETZT???

Sofort weglaufen ist mein erster Impuls, aber dann sehe ich ein, dass ich in der Falle sitze. Wilhelm und die anderen Jungs aus meiner Klasse kommen aus dem Grinsen nicht mehr heraus und man sieht ihnen an, dass sie auf eine tolle Show warten.

Jo-Jo scheint auch kapiert zu haben, worum es geht, denn seine Augen werden kugelrund, wie immer, wenn er entsetzt ist. Trotzdem will er wohl genau wie ich nicht zugeben, dass wir an etwas ganz anderes gedacht haben, sonst haben die Jungs noch mehr zu lachen.

„Ich nicht, ich bin allergisch gegen viele Sachen", sagt Jo-Jo und seine Stimme klingt sehr nervös. „Keine Ahnung, ob das meine **HAUT** vertragen würde."

Es ist glatt gelogen, aber eine geniale Ausrede!

OKAY. ABER WAS SOLL ICH JETZT SAGEN???
LEIDER FÄLLT MIR KEINE EINZIGE
GUTE AUSREDE EIN.
WENN ICH BEHAUPTE, DASS MIR AUF EINMAL
GANZ SCHLECHT IST, DANN WIRD MIR DAS
KEINER GLAUBEN.
DIE ALLERGIE-OPTION IST AUCH SCHON WEG.
EINE ANDERE ALTERNATIVE GIBT ES NICHT.
ICH KOMME AUS DER NUMMER NICHT RAUS!!!

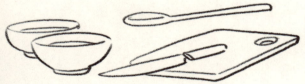

Die Mädchen holen schon den Korb hervor und fangen eifrig an, alles auszupacken: mehrere Schüsseln, kleine Holzlöffel, Messer, Schneidebretter, Pinsel, Honig, Quark und zwei Gurken.

162

„Nimm nur ein bisschen Honig, Natalia", mahnt Sibel. „Miss Cherry-Sunglasses sagt, der Quark muss noch cremig sein. Die Gurkenscheiben kommen obendrauf."

Wilhelm, Justus und die anderen kichern. „Jungs", sagt das Geburtstagskind und man kann seine Schadenfreude hören. „Ich denke, wir schauen erst mal zu, ob Collin seine Schönheitsoperation übersteht, bevor wir schwimmen gehen, oder? Den **Spaß** wollen wir uns doch nicht entgehen lassen!"

Alle nicken und johlen, nur Jo-Jo sieht mich mitfühlend an. Graf Wilhelm setzt noch einen drauf: „Gut, dass wir hier unten sind, dann kommen wenigstens keine Fliegen oder Wespen, die sich auf dich stürzen, Collin, du **OPFER**."

Kapitel 10.
Die Masken-Enthüllung

Das Gelächter will gar nicht aufhören. Selbst die Mädchen schmunzeln und ich befürchte plötzlich, dass ich nun meilenweit davon entfernt bin, in ihren AUGEN als cool zu gelten. Collin, mit dem man alles machen kann, der sich freiwillig lächerlich macht, den man bis zum Abitur damit aufziehen kann.

MACHE ICH MICH HIER GERADE ZUM TOTALEN OPFER? WIE WERDE ICH GLEICH MIT DER QUARK-MASKE AUSSEHEN? ATTRAKTIV GANZ BESTIMMT NICHT.

WAS, WENN JEMAND DOCH HEIMLICH FOTOS DAVON SCHIESST UND DIE DANN IN DER SCHULE RUMGEHEN? MEIN RUF WÄRE KOMPLETT ERLEDIGT!

Jo-Jo scheint meine Gedanken zu lesen, kommt einen Schritt näher und nickt mir zu. „Also es gibt Leute, die alles wissenschaftlich testen, im **INTERNET** oder im Fernsehen. Ich finde es cool, dass Collin Dinge ausprobiert, die etwas ungewöhnlich sind. Er hat Mut."

Kim, die zusammen mit Marie die Gurken in schmale Scheiben schneidet, sieht auf und nickt. „Genau. Ich weiß gar nicht, warum ihr so unreif lacht. Gut aussehen will doch jeder. Ihr Jungs doch auch."

SO IST ES! MEIN SELBSTBEWUSSTSEIN STEIGT SOFORT.

Selbstbewusstometer →

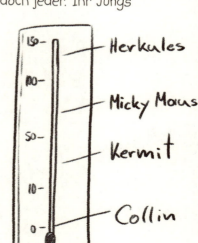

MASKE

KIM HAT MICH VERTEIDIGT!!!
HEISST DAS, DASS SIE MICH GUT FINDET?
KEINE AHNUNG.
UND JO-JO HAT MICH AN DEN UNI-CHANNEL VON CMC ERINNERT – DER KÖNNTE DIE MASKE DEMNÄCHST AUCH MAL TESTEN, NUR NICHT AUF DEM GESICHT, WEIL ES VERDECKT IST.
VIELLEICHT AUF DEN FÜSSEN?

„Ach, die sind doch kindisch!" Sibel zeigt auf meine Klassenkameraden und winkt ab. „Collin ist der Einzige, der von Anfang an nichts dagegen hatte."

Jawohl!

So sieht es aus!

Felipe und Paul sind die Ersten, die zu lachen aufhören. „Trotzdem ist es Frauenkram", murmelt Justus und sieht seinen Herrn um Beifall heischend an, aber Wilhelm sagt ausnahmsweise mal nichts, sondern presst die Lippen aufeinander.

Grumel

166

SEUFZ

Jo-Jo seufzt. „Also auf einer Wange würde ich es zur Not auch ausprobieren."

Mein Kumpel! Er will mir beistehen, auch wenn er den Gedanken hasst, von allen angestarrt zu werden. Er hält sich immer im Hintergrund und ist deshalb auch beim **Chill-Mal-Channel** lieber Kameramann.

„Brauchst du nicht, Jo-Jo", sage ich und zwinkere ihm zu. „Wenn du Angst wegen der Allergie hast, dann lass es. Ist okay, dass ich der Einzige bin."

„Meinst du?" Er sieht erleichtert aus.

„So, fertig! Jetzt kommt die Maske auf unsere Gesichter, dann die Gurken obendrauf und das alles muss eine halbe Stunde einwirken", verkündet Marie. Sie hält die Schüssel mit dem sehr lecker aussehenden **Honig-Quark** und ich gebe zu, ich würde ihn viel lieber essen, als ihn mir aufs Gesicht schmieren zu lassen.

Aber dafür ist es zu spät.

Kim Kim *BITTE BITTE*

"Ich mache es bei Collin", sagt Kim. "Oder will jemand anderes?"

Kim

NEIN, DU, KIM, BITTE! ICH WÜRDE ES AM LIEBSTEN SCHREIEN, ABER ICH TRAUE MICH NICHT, IRGENDWAS ZU SAGEN. ALSO VERSUCHE ICH ES MIT GEDANKENÜBERTRAGUNG. KIM! KIM! KIM!

"Mach ruhig", antwortet Sibel und ich jubele innerlich, als hätte ich den Elfmeter meines Lebens verwandelt. "*Ich übernehme* Natalia und Marie."

Die Mädchen fangen an, sich gegenseitig mit der klebrigen Quarkmasse zu bepinseln, und Kim setzt sich neben mich. "Los geht's. Bist du bereit?" Sie lächelt.

NEIN.
ABER DAS SAGE ICH
NATÜRLICH NICHT.

„Mach lieber die Augen zu und rede nach Möglichkeit nicht, sonst verrutscht die Quarkmaske", meint Kim und greift nach der Schüssel, in der ein Pinsel steckt.

Das Kichern der Jungs aus meiner Klasse wird lauter, sobald ich die ersten Pinselstriche auf meiner Stirn spüre. „Collin, der **Schneemann**", höre ich sie sagen. „**Quarkfresse**."

Es fallen noch ein paar andere nicht sehr nette Bezeichnungen, aber komischerweise machen mir diese nicht so viel aus wie sonst. Ich sitze einfach da und lasse Kim Quark auf mein Gesicht schaufeln.

Wer hätte das gedacht?

„Die sind so bescheuert, richtige Kinder", murmelt sie. „Ehrlich, Collin, ich hätte das von dir nie gedacht, dass du das so ohne Weiteres mitmachst!"

KLECKS

„Warum nicht?" Das Sprechen sollte ich lassen,
sonst fällt mir gleich der Quark auf mein Polohemd.

Sie zögert kurz. „Du hast immer so eine große Klappe, genau wie Wilhelm, und da weiß man nie, was du so von einem denkst."

**WIE BITTE?
AM LIEBSTEN WÜRDE ICH JETZT AUFSPRINGEN.
SIE VERGLEICHT MICH MIT ANGEBER-WILHELM?
NO WAY!**

„Ich doch nicht!" Wenigstens diesen Satz kriege ich noch raus. „Ich bin ganz anders als der."

Keine Antwort. Ich öffne kurz die Augen und sehe sie ganz nah vor meinem Gesicht mit dem Pinsel herumfuchteln. Ganz schnell schließe ich die Augen wieder.

So nah ist sie mir ziemlich unheimlich!

Und ziemlich hübsch.

Ob wir Freunde werden könnten?

„Jetzt noch die Gurken", höre ich sie sagen. „Das hat Miss Cherry-Sunglasses so empfohlen. Die Augen sparen wir heute aus, sonst müssten wir alle eine halbe Stunde mit geschlossenen Augen herumsitzen, das wäre blöd. Das Ganze wird gleich ein wenig hart."

„Wie eine **Mumie**", höre ich Wilhelm sagen, während die anderen Jungs schon wieder dümmlich lachen. „Oder wie ein Gipsgesicht. Collin, bist du schon tot? Du sagst nichts mehr!"

Der ist so blöd!

Ich würde ihm am liebsten den Mittelfinger zeigen, aber so etwas macht man nicht und er kann froh sein, dass ich gut erzogen bin.

Idiot!

Jetzt ist Kim fertig und ich fühle die klebrige Masse samt Gurken überall auf meinem Gesicht. „Das war's. Du kannst die Augen öffnen."

Jo-Jo steht neben Kim und grinst. „Not bad",
sagt er. „Fühlst du dich schon schöner?"
Jetzt muss ich auch lachen und das
wirkt offenbar ansteckend auf *Kim*.
„Total! Ich glaube, ich bin gleich
der schönste Junge der Schule."

Wir drei lachen jetzt richtig laut und die anderen Mädchen
stimmen ein. „Bist du, Collin. Auf jeden Fall!"

Aus den Augenwinkeln kann ich sehen, dass Wilhelm richtig
böse guckt. Ich verspüre eine ziemliche Genugtuung. Obwohl
ich bestimmt total behämmert mit dem *Zeug* im Gesicht
aussehe, weil alle mich betrachten und kichern, habe ich doch
die Mädchen auf meiner Seite und das scheint Wilhelm gar
nicht zu passen.

IST SEIN PLAN ETWA
NICHT AUFGEGANGEN?
ER WOLLTE MICH LÄCHERLICH
MACHEN!
HA!
HAT WOHL NICHT GEKLAPPT.

"Noch nicht in den Spiegel gucken! Jetzt du bei mir", sagt Kim auf einmal und ich verstehe nicht, was sie meint. Sie deutet auf die Quarkschüssel. "Ich will auch 'ne Maske! Los, schnapp dir den Pinsel."

"Oh, Collin wird jetzt Kosmetikerin", meint Wilhelm, während ich mir das nicht zweimal sagen lasse. Ganz vorsichtig verteile ich den Quark auf Kims Gesicht und habe sogar Spaß daran. Dann lege ich ihr die Gurkenscheiben obendrauf. "Lecker. Kann ich noch ein Minihäppchen und ein paar Chips vom Büfett dazulegen?"

Das mit den Chips fand Kim nicht witzig

"Wehe!", ruft sie und lacht.

Kim holt einen **SPIEGEL** heraus. "Auf drei gucken wir zusammen rein."

"Drei!", rufe ich und bekomme doch einen ziemlichen Schock, als ich mein Quark-Gurken-Gesicht sehe.

SCHOCK!!!
ES IST SCHLIMMER, ALS ICH DACHTE!
FRÜHER HÄTTE ICH DAS SOFORT ABGEWASCHEN!

WAH

ABER SEITDEM ICH MERKE, DASS DIE MÄDCHEN DAS GUT FINDEN, MACHT ES MIR NICHTS AUS, MICH ZUM CLOWN ZU MACHEN.

Ich ziehe eine Grimasse und Kim macht es mir nach. In diesem Augenblick öffnet sich die TÜR und eine Frau kommt herein, die ich als Wilhelms Mutter erkenne. Sie ist ebenfalls hellblond und ziemlich hellhäutig. „Hallo, zusammen! Na, amüsiert ihr euch? Oh, was macht ihr denn da Schönes? Ihr seht ja alle lustig aus!"

Bisher hatte ich Frau von Rosenberg nur am Steuer ihres Porsches gesichtet, aber jetzt sehe ich die Ähnlichkeit mit ihrem Sohn sofort.

„Die wollten sich unbedingt so ein Zeug ins Gesicht schmieren, deshalb waren wir noch nicht schwimmen", sagt Wilhelm.

„Genau deshalb bin ich auch gerade gekommen." Seine Mutter macht eine bedauernde Geste mit den Händen. „Ihr könnt leider nicht schwimmen gehen, die Poolheizung ist defekt und das Wasser eiskalt. Es tut mir sehr leid."

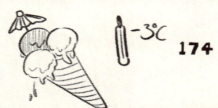

„Das macht doch nichts, wir gehen trotzdem!", ruft Wilhelm, aber da ist er anscheinend der Einzige.

„Nee, in eiskaltes Wasser gehe ich nicht!"
„Wir müssen auch nicht schwimmen!"
„Kalt ist nicht so meins!"
„Ich hatte sowieso keine große Lust dazu!"

Die Stimmen der Mädchen vermischen sich mit denen der Jungen, aber eines ist klar: Hier hat niemand Lust, sich im kalten Wasser zu vergnügen.

Jo-Jo und ich tauschen einen Blick. Am liebsten würde ich ihn abklatschen. Tja. Das hat Wilhelm nun davon. Manche Dinge erledigen sich irgendwie auch von allein.

Frau **von Rosenbergs** Blick fällt auf mich und sie geht schnurstracks auf mich zu. „Oh, du hast auch schon eine **MASKE** im Gesicht. Sehr mutig von dir."

„Hallo", sage ich. „Collin Duhm."

„Natürlich, du bist der Sohn von Herrn Doktor Duhm, nicht wahr? Er ist unser Hausarzt und

175

einfach der Beste!" Sie gibt mir die Hand und lächelt mich an. „Wie schön, dass du mit meinem Sohn befreundet bist!"

NUN, WIE MAN ES NIMMT. ICH SAGE LIEBER NICHTS DAZU UND AUCH WILHELM SCHWEIGT.

„Wilhelm? Das ist eine sehr gute Idee mit der Wellness-Party, auch wenn es mir sehr leidtut, dass das Schwimmen ausfällt. Aber ihr könnt dann ja weitermachen mit dem *Beauty*-Programm. Ach, es geht nichts über eine schöne Gesichtsmaske! Liebe Grüße an deine Eltern, Collin!" Sie dreht sich um und geht wieder.

OKAY. SIE IST NETT. SIE IST AUCH NICHT GRÄFIN DRACULA. UND SIE DENKT, DASS IHR SOHN EINE WELLNESS-PARTY MACHT. DAS IST SEHR WITZIG.

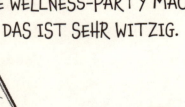

„Schade, dass der Quark aus ist", sage ich. „Jetzt könnt ihr anderen nicht mehr diese schöne Maske bekommen. Schwimmen fällt auch aus. Und nun? Jemand eine IDEE?"

„Wir könnten ein Spiel spielen, aber erst in einer halben Stunde. Bis dahin dürfen wir keine schnellen Bewegungen machen, damit die Gurken nicht abfallen." Marie greift sich ihr HANDY.

„Keine Fotos!", rufe ich panisch, aber sie winkt ab. „Nein, ich wollte doch nur vorschlagen, dass wir uns solange ein paar Clips angucken. Zum Beispiel diesen witzigen Typen, den Miss Cherry-Sunglasses vorhin erst empfohlen hat. Ein neuer Channel, Spaß-Universität von CIA oder so."

CMC WAAAAS?
MIR LÄUFT ES EISKALT DEN RÜCKEN HERUNTER UND GLEICHZEITIG WIRD MIR GANZ HEISS. WEN HAT DIESE MISS CHERRY EMPFOHLEN?

Mein Blick fällt auf Jo-Jo, der ebenfalls plötzlich zu schwitzen beginnt und ganz hektisch wirkt. Er deutet auf den **Laptop**, der an die Musikanlage angeschlossen ist. „Ist der mit dem Internet verbunden?"

„Klar." Wilhelm zuckt mit den Schultern. „Wieso?"

„Vielleicht ... könnten wir alle zusammen auf dem großen Bildschirm gucken, wen **MISS Cherry** empfohlen hat", schlägt Jo-Jo vor. „Neue, witzige **YouTuber** sind doch geil. Vielleicht meint sie den, von dem ich euch auch schon erzählt habe ..."

Mir fällt ein, dass er vorgestern zu mir gesagt hat, er wolle dieser Miss Kirsche eine Mail schreiben, aber ich hatte angenommen, dass er es nicht ernst meinte.

**KANN DAS SEIN?
HAT ER DAS ECHT GEMACHT?
UND VOR ALLEM: HAT SIE ECHT ÜBER
UNSEREN CHANNEL GESPROCHEN?**

178

Leider kann ich meinen besten Freund jetzt nicht vor allen Leuten fragen, also sehe ich atemlos zu, wie Wilhelm erst die Musik abstellt und dann mit dem Laptop auf YouTube geht. Ein paar Klicks und dann ist da eine hübsche junge Frau zu sehen, die zuerst irgendwas von Blumenschmuck erzählt und dann ganz plötzlich Folgendes sagt: „Ach ja, und ich habe noch etwas für euch entdeckt. ‚Den **Chill-Mal-Channel** – die universelle Universität für ultimative Unterhaltung', den müsst ihr euch reinziehen! Der Typ ist jung und ganz neu auf YouTube. Ich will euch nicht zu viel verraten, aber sein Gesicht ... ach, schaut lieber selbst! Er hat bisher nur zwei Clips hochgeladen, aber wenn ihr so richtig ablachen und Spaß haben wollt, dann müsst ihr ihn euch anschauen. Das, was er macht, ist einfach mega, mega lustig und ich hoffe, dass diese Universität so richtig abgeht. Alle Daumen für **CMC** – ich bin dein neuester Fan! Bitte mehr von deinem crazy Unterricht – I love it!"

Kapitel 11.
Danke, Miss Cherry!

ICH BIN SPRACHLOS.
JO-JO AUCH, DAS SEHE ICH.
WIR WECHSELN GANZ SCHNELL EINEN BLICK.
WIE IN ZEITLUPE SCHAUEN WIR, WIE DIESE
MISS KIRSCHE NOCH DEN LINK ZU MEINEM
CHANNEL HINTERHERSCHICKT.
DAS GIBT'S DOCH GAR NICHT!

„Das hört sich ja lustig an, klick mal!", fordert Justus Wilhelm auf, was dieser auch umgehend macht und ... dann kommt mein Channel!!!

Das Erste, das ich sehe, sind ...

„Fünfhundertvierundsiebzig Abonnenten ... Neunhundertelf Klicks ...", ruft Jo-Jo und sieht mich an.

911 views

SUBSCRIBE 574

65 0

ICH MUSS MICH KNEIFEN. DAS PASSIERT HIER GERADE NICHT WIRKLICH, ODER?

„Geiler Name!" Justus kichert. „Auf diese Uni will ich auch gehen, da mach ich meinen Abschluss."

„Cool, guckt mal! Er hat eine Puma-Maske aufgesetzt, deshalb kann man den Typen nicht erkennen! Klick mal endlich den Clip an, Wilhelm!" Felipe rückt mit seinem Stuhl näher an den Laptop und auch alle anderen scharen sich um den Bildschirm.

ICH HALTE DIE LUFT AN – WIRD MICH JEMAND VON IHNEN ERKENNEN?

CMCs erster Clip läuft, die Musik geht ab, und sobald die Nummer mit der Eieruhr losgeht, lachen sich meine Klassenkameraden kaputt.

„Genial! Echt MEGA! Mach noch mal – hört mal, was die Kleine da singt! Ob die das geprobt haben?" Kim dreht sich zu mir um und ich weiß gar nicht, was ich antworten soll.

Zum Glück antwortet Wilhelm für mich. „Nein, der hat doch gesagt, alles ist spontan und echt. Also ich kaufe ihm das ab. So eine geile Idee. Habt ihr das mit der Botschaft am Ende entziffert?"

Er scheint ehrlich begeistert zu sein!

„Spul noch mal ein Stück zurück!", ruft Sibel. „Was steht da?"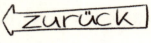

Sobald alle heraushaben, dass sie den Satz rückwärts lesen sollen und meine „Botschaft" klar ist, müssen wir CMCs ersten Auftritt noch viermal ansehen. Erst dann klickt Wilhelm den zweiten Clip an. Den müssen wir dann direkt sechsmal anschauen und alle haben totalen Spaß. „Coole Idee, echt! Voll funny!"

Es entbrennt eine Diskussion, ob die Taxifahrerin vielleicht doch noch im Ernstfall in der Lage gewesen wäre, einen Verbrecher zu verfolgen, an der sich alle außer Jo-Jo und mir beteiligen, aber das fällt niemandem auf.

„Hoffentlich kommt die Senioren-Praktikantin Irmgard auch bald! Mal sehen, was die draufhat, ha ha ha!", lacht Justus und alle stimmen ein.

182

„Und dieser **CMC** scheint eine kleine Schwester zu haben oder so, denn die war doch vor der Tür, oder? Stellt euch vor, die wäre reingekommen!"

DANN HÄTTET IHR DEN CLIP NIE GESEHEN. ABER SO IST ES NATÜRLICH VIEL BESSER. UND AM BESTEN IST SOWIESO, DASS MICH ABSOLUT NIEMAND MIT CMC IN VERBINDUNG BRINGT!

Paul holt sein Handy heraus. „An diese Uni gehe ich auch ab sofort, den Channel muss ich abonnieren. Wann wird der Typ wieder was hochladen?"

„Ich auch." Jetzt drücken alle wie wild auf ihren Smartphones herum, bis Sibel sagt: „**CMC** hat gesagt, dass wir ihm Fragen stellen können. Das sollten wir auf jeden Fall tun. Einen Typen, der mir Tipps gibt, weil er sich für mich interessiert, finde ich richtig gut. Dann kennt man auch seine *Sichtweise*."

183

fragen

„Du kannst mich doch fragen!", ruft Wilhelm, aber die Mädchen winken ab. „Wir schreiben lieber dem geheimnisvollen CMC! Ob er irgendwann seine coole **Maske** absetzt?"

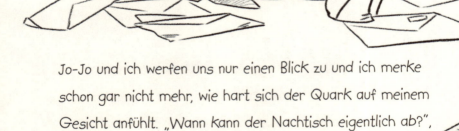

VORERST GANZ BESTIMMT NICHT.
ICH KANN ES IMMER NOCH NICHT GLAUBEN.
DAS GIBT ES DOCH GAR NICHT!
DANKE, MISS CHERRY!
UNSER WUNSCH GEHT IN ERFÜLLUNG!
SIE SIND JETZT ALLE MEINE ABONNENTEN UND
WOLLEN MIR AUCH NOCH FRAGEN STELLEN!

Jo-Jo und ich werfen uns nur einen Blick zu und ich merke schon gar nicht mehr, wie hart sich der Quark auf meinem Gesicht anfühlt. „Wann kann der Nachtisch eigentlich ab?", frage ich.

„Hey, eigentlich jetzt schon!", ruft Kim. „Wegen der Spaß-Uni von CMC hätten wir das fast vergessen! Verteilt mal die Papiertücher, damit geht es besser runter."

Während Kim und ich nun gegenseitig die **GURKEN** von unseren Gesichtern pflücken und uns dabei kaputtlachen, höre ich, wie Wilhelm erklärt, er würde auch eine Mail an „den coolen Typen" verfassen. „Als Erstes werde ich ihn fragen, wie er zum Thema Wellnessmasken steht. Ich wette, der findet das bei Jungs auch eher peinlich."

DA WETTE ICH DAGEGEN. ABER FRAG RUHIG! DU WIRST DICH ÜBER DIE ANTWORT WUNDERN ...

Kim reicht mir noch ein Papiertuch und lächelt. „Und? Bist du schon gespannt, wie du jetzt aussiehst, Collin?"

Ich nicke. „Wehe, ich habe einen roten **AUSSCHLAG**!"

„Ihr Jungs seid immer so empfindlich! Lass dich überraschen!" Sie verdreht die Augen.

Ich wasche mir die letzten Reste des Quarks ab und sehe

185

mich im Spiegel an. Eine Veränderung kann ich nicht erkennen, aber wenigstens auch keine Verschlechterung.

"Rosig wie ein Babypopo, oder was?", sagt Wilhelm und hat natürlich ein paar Lacher auf seiner Seite.

Diesmal lacht Justus aber seltsamerweise nicht mit und er wiederholt auch nicht die Worte seines Meisters. "Vielleicht hilft so was auch gegen Pickel?," murmelt er.

Jo-Jo gibt mir vorsichtig ein Zeichen, ihm unauffällig zu folgen, und wir verdrücken uns kurz vor die Tür, wo wir uns erst mal abklatschen und bis über beide Ohren grinsen.

"Du wirst ein Star!", flüstert Jo-Jo. "Hast du gesehen, wie viele Leute sich das angucken und dich abonnieren? Das wird sich jetzt bestimmt immer weiter herumsprechen! Du hast es geschafft!"

Ich schüttele den Kopf und senke ebenfalls die Stimme. "Wir haben es geschafft! Wir sind ein Dream-Team!

KAMERAMANN BEN

Morgen drehen wir einen neuen Clip und du kannst dir aussuchen, wie alt der Kameramann sein soll und wie er heißen darf. Ich habe auch schon ein gutes Thema: die nützlichsten Geburtstagsgeschenke. Die Kacktüten sind nämlich nur der Anfang. Mir sind vorhin noch mehr Dinge eingefallen, die man immer und an jeden verschenken kann, den man nicht mag: **praktisch** denken – Särge schenken, Tütensuppen als Trockennahrung, wenn der kleine Hunger kommt ..."

„Da seid ihr ja! Wieso kommt ihr nicht wieder rein?" Wir werden von **Kim** und **Sibel** unterbrochen, die uns offenbar gesucht haben, und ich merke, dass mein bester Freund sofort nervös wird.

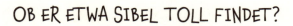

OB ER ETWA SIBEL TOLL FINDET?

„Wilhelm will ein Spiel spielen, aber wir wollen tanzen, doch das wollen die Jungs auf keinen Fall. Wir könnten demnächst die Universität von **CMC** nach ein paar wirklich coolen Partyspielen fragen, der hat bestimmt abgefahrene IDEEN", meint Sibel und Jo-Jo beißt sich auf die Lippen, um nicht laut loszuprusten.

Kim sieht mich an. „Collin, du findest doch bestimmt nichts dabei, wenn wir alle eine Runde tanzen, oder? Wenn du nämlich mitmachst, dann kommen die anderen garantiert nach. Einer muss den Anfang machen."

TANZEN???
ICH???
NO WAY!!!
ANDERERSEITS ... ICH SOLLTE MEINEN
FRISCH GEWONNENEN RUF ALS COOLER
UND NICHT KINDISCHER TYP NICHT
AUFS SPIEL SETZEN, ODER???

„Klar", sage ich und versuche, möglichst reif und lässig zu klingen. „Tanzen ist ... cool. Vielleicht fangen wir mit Stopp-Tanz an, dann kann man sich ja steigern."

Jo-Jo grinst jetzt ganz offen. „Echt jetzt?", fragt er. „Cooler Collin. Du steckst ja voller **ÜBERRASCHUNGEN** – ich bin gespannt, was wir noch alles über dich erfahren."

Ich verziehe kurz das Gesicht, während wir in den Partyraum zurückgehen. Kim neben mir streicht sich die Haare glatt und ich denke wieder einmal, wie hübsch sie heute aussieht.

„Ja, das finde ich auch", sagt sie und schaut mich von der Seite an, „irgendwie erinnerst du mich an jemanden, aber ich komme momentan nicht drauf, an wen ..."

ENDE